あれこれ好奇心

角川文庫
21987

目次

あれこれの記

好奇心ルーム

虚々実々ガーデン

本書に収録されたエッセイは
一九八四年、一九八五年を中心に
各紙誌等に掲載されたものです。

あれこれの記

時代と人生―回想のなかの小説

小説を読むということは、ひとつの出会いではなかろうか。どんな時代に、どう接したかである。

昭和十年ごろ、私は雑誌の少年倶楽部《くらぶ》で、江戸川乱歩の『少年探偵団』シリーズの連載を読んだ。舞台は私の生れ育った東京。小林少年も私とほぼ同年。夜は暗く、西洋館だってあちこちにあった。すべてが同時進行。こんなにわくわくしたことはなかった。

新聞の連載小説を読みはじめたのは、獅子文六の『悦《えっ》ちゃん』だった。そして、吉川英治の大作『宮本武蔵』で、ラジオでの徳川夢声の朗読も忘れがたい。もう戦争中だったと思うが、富田常雄の『姿三四郎』も面白かった。

どの新聞も紙の不足で、ページ数がしだいに減ってゆき、ついには四ページ、さらには二ページになったこともあったが、連載小説だけは消えなかった。それがなかったら、新聞は手にしなかったかもしれない。

終戦。しばらくの虚脱の時期がすぎると、新聞小説が全盛期を迎える。いまだに印象的なのが、石坂洋次郎『青い山脈』だろう。やはり、私もその登場人物たちと同じに、若い学生だったのだ。さらに、空襲を受けなかった地方都市の生活への羨望もあったかもしれない。焼けあとばかりの東京にいると、きらきら輝くものを眺めているようだった。

そんな東京も、獅子文六の手にかかると、楽しいものになってしまう。『自由学校』をはじめ一連の作は、私をうきうきさせた。

時代物だって、いろいろあった。なかでも村上元三『佐々木小次郎』はよかった。投書のコラムに「負けないように祈りたいね」などと、のったりした。

どなたかが忠臣蔵を連載した。前半が終ったところで、紙面に「はたして本懐をとげられるかどうか、ご期待を」と、てこ入れの大きな文字がのったこともあった。それが奇妙でなかったのだから、いい時代だった。どの先生方のも、みんなよかった。朝夕刊で七本ぐらいを、同時に読んでいたことがある。事件記事より、よっぽど心に残っている。

昭和二十六年に父が死に、一年半ほど借金整理に右往左往させられた。だから私は、朝鮮半島での動乱をよく知らずにすごした。釜山も危いなんてことより、目の前の借金のほうが切実だったのだ。それでも、新聞小説だけは読んでいた。

わっと話をひろげてしまうが、このところ私は、昭和二十年代こそ、日本の娯楽文化の絶頂期だったと気づきはじめた。それまで得られなかったものを、一挙にという勢い。外国映画のストックが、つぎつぎに入ってきた。あれよあれよである。映画館からは、満員の観客の歓声や笑い声が、そとまで流れ出していた。

日本映画だって、バラエティに富んでいた。新聞小説は終るやいなや映画化され、美男美女のスターが出演し、主題歌のメロディーもよかった。母ものというお涙物や、怪獣物や、珍妙なのもあった。はだか以外の部分で、あらゆる試みをやっていた。

軽演劇だろうが、レビューだろうが、お客は押しかけた。落語も、志ん生は神様どころか、やってて当り前という親近感だった。野球の川上だって、三割を打ってて、それが日常だった。

碁の分野では、呉清源が、これは本当に神さまのごとき腕前を示していた。一流の棋《き》士《し》とつぎつぎに十番碁をやり、ことごとく勝ってしまったのだ。これも、新聞を見る楽しみだった。

べつに私が、若い時期に遊び暮していたわけではない。戦争中は読むものが書店になく、家にあった内外の古典を全集で読んではいた。大学だって二十三年に、理科系を卒業しているのだ。

しかし、二十年代は、なぜか世の中は活気に満ちていた。私が若かったから、そう思えたのだろうか。難解さをありがたがる人はいたが、深刻さをありがたがる風潮はなかったと思う。太宰治は苦悩を売り物にしていて、私も熱中したこともあったが、本質はユーモラスで、苦悩を楽しむ軽さがあった。

なにもかも昔の話。テレビの出現と普及のためか、経済成長がはじまったためか、活力のベクトル（方向）が変ったためか、ひとつの時代が終ってしまった。

私はたまたま作家になり、あっというまに年月がたった。少し休もうと思い、スケジュールに余裕が持てるようになった。

そこで、これまでにあげた新聞連載の小説を、読みかえそうかと思っているのだが、どういうものだろう。思い出が鮮明によみがえるか、それとも、やめておけばと後悔するか、そこが問題なのである。

新しい発見――読書日記

某月某日

ピート・ハミル著、高見浩訳『ニューヨーク・スケッチブック』（河出書房新社）を読み終り、感嘆する。オビに「異色の短編34」とあるのを目にし、なにげなく買った本だ。短か目の短編集となると、目を通すことにしている。最近の翻訳短編に、あまりいいのはないのだが。

数編を読んで目をみはり、いっぺんに読んではもったいないと、少したって、あと二日を費して読んだ。ただ読むのなら一日もかからないが、味わうべき作品なのだ。最後の一編の幕切れなど、ほろりとさせる。

どれも、いかにもニューヨークにふさわしい物語で、読者はすっとそのなかに入ってゆける。新聞のコラムに発表したもので、実話的な要素が多いらしい。日本の新聞の社会面には、犯罪と善行しかのらないが、これはそのどちらでもない、心に響くなにかを含んだものなのだ。

銀座のバーでノンフィクション作家の沢木耕太郎さんと話しているうち、たまたまこの本の名が出て、おたがい絶賛しあい、かなりおそくまでしゃべりあった。沢木さんはこの一編が原稿にして約十枚ぐらいだとまで計算していた。こう作風のちがう二人が感心したのだから、買ってご損はないと思う。

34編もあっては紹介のしようもないが、映画となった「幸福の黄色いハンカチ」の原作者ということで、ご想像下さい。私は映画のほうを見ていないが、リーダーズ・ダイジェスト誌で原作を読んでいる。映画が当たったあと再録されたが、あの判形《はんがた》で見開き二ページにおさまる（ダイジェストされているのかもしれないが）短かさ。

『ニューヨーク・スケッチブック』の作品も、どれもふくらませれば、映画や戯曲に仕上げられる内容を持っている。それでいて、すっきり仕上がっているのだ。訳もうまいのだろうが、原文もいいのだろう。作者は前文で「読みやすくて申しわけない」といったようなことを書いているが、アメリカでも読みにくいのがありがたがられているのだろうか。一ページ読んで肩がこるような翻訳短編がかなりあるが、金を出してそんなのを買う人の気が知れぬ。

とっつきやすさの要素として、そのほかに描写、日本人むきの人情ばなし的なことなどのほか、ニューヨークが舞台ということも大きいのではなかろうか。私たちにとって、ニューヨークほど親しみのある町は、ほかにない。映画、テレビで、これだけ数多く見させられた都市はないのだ。

その町での、O・ヘンリー風の伝統をふまえた作風となると、訪れたことのない人だって、すでに勝手知ったる他人の家といったようなものなのだ。人種と宗教のるつぼ、雑然たる街といいながら、ひとつのイメージが形成されているのに気づくのである。

翻訳短編に見切りをつけようと思いかけた時、こういう書き手がいると知って、なにか安心感のようなものを抱いた。

某月某日

日本IBM社の「∞」(無限大)というPR誌を見ていたら、志村五郎というプリンストン大学の数学教授が、大胆な意見を記していた。ルイス・キャロルの「ふしぎの国のアリス」は、日本人にとって、本当に面白いものかに関してである。

本質は言葉あそびで、そこがアンデルセンの作品とのちがいだ。しかし、その壁をとっぱらってみる。日本で生れ、小学校から大学までアメリカで育った日本女性たちに読後感を聞いてみる。一様に「変だ」とか「クレージーだ」とか違和感をのべ、英語圏生れの人のように「好きだ」という反応はないという。どこかに、ずれがあるらしい。ディズニーの映画でも「アリス」だけは、どこかちがっていた。

そういえば、東京ディズニーランドを見物した。清潔だし、楽しいし、盛況を祈るが、なぜか私には、ミッキー・マウスの性格がよくわからぬ。子供の時（戦前）に短編映画をたくさん見たし、大学の時（戦後）はディズニー・ファンクラブに入っていたし、テレビの初期には放映されたはずなのにだ。ポパイ、スーパーマン、トムとジェリーなどは、どんな話と思い出せるが、ミッキーとなるとね。

このずれも、若い人たちにとっては、減りつつあるのだろう。あまり論じられないが、ドリフターズの功績である。年配の者は、食べ物を粗末にすると批判する。そのくせ、古いアメリカ喜劇映画のパイ投げ合戦となると、くだらないと言ったら欧米文化が理解できないと思われはせぬかと、決してけなさぬ。なお、パイ投げの笑いについては、志村五郎教授の指摘でもある。「アリス」の面白さは、パイ投げの延長線上の、はるかに複雑なものだとのこと。子供にはアリスの絵本を与えるより、テレビでドリフを見させること。それでこそ、国際人になれるのだ。

テレビで、八代亜紀のブラジル公演のようすを見る。日系の一世や二世が演歌に涙するのはわかるが、四世、五世の日本語も日本社会も知らぬ若者が、演歌にしびれ、テレビでその「のど自慢」番組があるとなると、頭では理解できない。

いろいろと、あるもんだよね。

某月某日

三浦清宏著『イギリスの霧の中へ』（南雲堂）は「心霊体験紀行」と副題がついており、これまた新知識をもたらしてくれた。

イギリスというと、幽霊話の多い国。ロンドンには「ゴースト・ツアー」なるものがあるそうだ。幽霊名所めぐりの観光バスといったところ。著者はそこに滞在することになった期間を利用し、霊について、なんらかの体験をしようとした。SPR（心霊研究協会）という団体のあることを調べ、その大会に出席した。大きな期待感はよくわかる。

その会員たちと親しくなろうとし、霊の存在を信じているような会話を試みるが、どうもようすが変だ。いったい、これはどんな集りなのだ。やがて、その答えを得る。

「霊など無いということを、証明しようとして来ているのです」

関心と同じくらい警戒心も強く、インチキにひっかかりたくないと、まず疑うのである。物品が家のなかを飛び回る、ポルターガイスト現象のリアルな目撃談さえ、頭から疑ってかかる。前述の「ゴースト・ツアー」の案内ガイドとの会話も面白い。著者が聞く。

「楽しい仕事でしょうね。たくさん幽霊を見てこられたんでしょうね」

「いいえ、ただの一度も」

「しかし、存在は信じているんでしょう」

「さあね……」

見た人がいるということはみとめるが、そこから先はなんとも言えぬというわけだ。信じるということは判断の一形式であり、願望、疑問、感慨などは判断とちがうとの考えなのだ。

だから、霊能力で財をなすなど不可能で、わずかな金が入るだけ。著者の期待は大きく裏切られる。さすが、推理小説とスパイの本場の国。信じもしないが、否定もしない。イギリスの幽霊談が奥深いのは、そのせいか。

先日、私はリーダーズ・ダイジェスト誌で、大奇術師フーディーニの伝記を読んだ。彼は霊界と交信すると自称する人たちをたずね、どれもがトリックと見やぶった。しかし、死に際し、あるいはあるかもしれぬと、妻に交信用の合言葉を残したのである。

ＵＦＯも、昔は空飛ぶ円盤と呼んだものだ。小さな外信欄で読んで興味を持ち、私は昭和三十年ごろ、その研究会が日本に出来たと知り、入会した。当時の会員たちは、関心はあるのだが、目撃例や写真など、まず疑ってかかっていた。あってほしいし、あったら面白かろうと思うが、私は信じるまで行けなかった。目撃した人のいることはみとめるが、そこまでである。

台湾と香港で四柱推命の占いにより、内心をのぞかれたような気分になったこともある。フィリピンでは心霊手術をすぐそばで見たし、自分でもそれを受けたが、どれも半信半疑。半疑ということは断定不能で、正しくは信じていないということだ。

私は万博以前のバラ色未来学を信じなかったし、そのあとの暗黒未来論も信じなかった。一方、いずれも的中していると思ってる人もいるのだろう。予言の本もブームだし、占い、テレビの怪奇特集もよく放映される。日本人は信じやすく、さめやすいのだ。それはいいのだが、そのたびにだれかがもうけ、多くの人がいくらかずつ損をしているのである。

イギリス的な、極度なまでの実証主義があってこそ「アリス」の大ナンセンスや、SFの祖ウエルズが生れたらしい。

低温工業——亡父の発想

父・星一《はじめ》が死んでこれだけの年月がたてば、私が贅辞の追加をやっても、大目に見てもらえるのではなかろうか。

関西コールドチェーン協議会というものが、大阪にある。冷凍食品の関連業の集りらしい。そこの人から電話があり、星一氏が大正末期にそんな計画をたてたらしいが、くわしく知りたいと問い合わせてきた。『人民は弱し官吏は強し』を読んでのことらしい。もっとくわしく知っていたら、本のなかに書いたよ。

しかし、その少し前に、私の作品の愛読者である人が、大正十四年三月二十三日の東京日日新聞のコピーを送ってくれていたので、それを入手なさったらと答えた。低温工業株式会社の事業計画が、全面広告としてのっているのだ。本を書く前だったらなあとの思いで、さっと目をとおしただけだった。いま書き加えるわけにもいかないし。

やがて、コールドチェーンの人から、手紙が来た。

「驚きました。アメリカの科学者バーズマイが、エスキモーの生活をヒントに、冷凍食品の製造法を開発したのが大正十二年。それにわずかおくれて、百の技術を用意しての大計画があったとは……」

なお、原材料の肉や魚の低温での保存は、その前、第一次大戦ですでに利用されていた。

そんなにすごいことかと、あらためてくわしく読み、私も驚いた。冷凍食品とは、当時として先駆的な産業だ。しかし、電気冷蔵庫どころか、氷を使う冷蔵庫も、ほとんどの家庭になかった時代だ。そんなものを作っても、うまくいかないのではないか。執筆の時には、その点が気になっていた。

記事には「冷凍法は生活費を軽減す」とある。すべての食品その他が、時間空間を越えて活用できるとある。いつまでももち、どこへも運べるというのだ。それには、受け入れ態勢がなければ。そう思いつつ、最後の百件の発明目録を見て、あっと驚いた。食料の素材や、調理ずみのものの冷凍ではないのだ。

凍結乾燥の工業化なのである。現在ではインスタント・コーヒーでおなじみだが、凍結によって水分を除いてしまうのである。百科事典をひいたが、くわしい説明はあっても、実用化に至る経過は書いてない。そのうち調べてみたい。

第一次大戦後の世界旅行で、どこかでヒントを得たのか、自分で考えついたのか、社内のだれかの発案か。いずれにしても、大正十四年とは、かなり早いのではなかろうか。しかも、対象のはばが広い。ショウユ、ヨーグルト、米飯、みそ、バナナなどから、肝油、アドレナリン、血液まで及んでいる。

そのころでは、飛躍したアイデアである。発明目録を読んだ人も、わからない人が多かったのではないか。もし、インスタント・コーヒーがなかったら、現在の人にも説明しにくい。目録に、コーヒーの項目はない。粉末状のものを、凍結乾燥しようとは思いもつかなかったらしい。

冷凍保存でなく、低温を利用し、本質そのままの粉末化をやろうとしていたのだ。宇宙船用にNASAが開発した、この種のさまざまな料理を私が試食したのは、ここ数年前のことである。水を加えるとアイスクリームになるものもあった。

さすがにそれはないが、一九二五年に、よくも考えたものである。目録から、さらに引用する。豆乳、ウメボシ、スルメ、ポップコーン、杏仁豆腐《あんにんどうふ》、粉末カツオブシ……。

会社設立をやろうとしたからには、実用化の自信があったからだろう。特許局長から激励されたともある。結局は事情があって、中絶となってしまった。これがうまくスタートしていたら、順調に進行しただろうか、消費者がついてゆけず大欠損となったか。なんともいえない。

現在、活字を使わない印刷の時代となった。写真植字、略して写植という方法だ。これもそのころ、星製薬の二人の社員によって、手をつけられたのだ。星一も、なにかアドバイスをしたのではなかろうか。米国滞在時代、英文と日本語の新聞を発行していた。写植の原理は、それ以前に知られていた。しかし、ヨーロッパ系の言語では、うまく利用できない。英文タイプの文の、右端が揃ってないのでもおわかりだろう。改行が自由に出来ない。だが、日本語だと、それが可能なのだ。この実用化までは、星一も深くかかわってはいない。いま普及しつつあるワープロも、原理的には写植の延長上のものである。

大正時代の星一の周囲には、頭脳を活性化する空気があったようだ。あらためて挫折《ざせつ》が惜しまれるが、そういう人生も、さぞ楽しかったのではないだろうか。

都々逸《どどいつ》にはじまり――ぼやけの文化

ある雑誌でSF都々逸の会が催され、私もいくつか作らされた。たとえば……。

やっぱりこいつは　人間だった
毒のませたら　死んじゃった

たあいないものである。酔うにつれ脱線し、変ったのをと、日本近代文学編。

伊豆の踊子　真実一路
人間失格　風立ちぬ

さらにと、ナンセンスの極みたいなのが出来たが、あまりのことにと捨てた作。

色は匂《にほ》へど　お味はすてき
ＡＢＣＤ　アイウエオ

こうなったら、もうおしまい。

本来は男女関係を粋《いき》に歌ったものなのだ。書棚にあった杉原残華著『都々逸読本』（昭和42年刊）を読むと「即興の花言葉」と巧みに形容し、長谷川伸の作がまず引用されている。

絃《いと》に乗らずば　のせずにうたおう
わしが独《ひと》りの　恋の歌

この本には大正末期からの作の千三百余が、選ばれてのっている。水準作ばかりだが、思い思われテーマ一色となると、胸にもたれる。ＳＦ的にふざけたくもなる。

世間で最もよく知られている都々逸は、たぶん、これだろう。

都々逸はへたでも　やりくり上手《じょうず》
けさも七つ屋に　ほめられた

ぜんぜん粋じゃない。七つ屋（質屋）の女房か娘が美人というわけでもない。どこが面白いのか、おわかりだろうか。一回でも実作してみると、ははん、にやりなのである。

これ、歌い方がへたなのでなく、作るのがへたという意味。七、七、七、五でまとめるのは、まさに語句のやりくりなのだ。初心者は、けっこう大変。つまり「お金のやりくりは、なんとかできるのにね」との、からかいである。

明治二十五年刊の『都々逸ひとりげいこ』という古書も入手した。作り方の、けいこなのだ。題材別に、どんな語句を前後に配すればいいのか、手とり足とり教えてくれる。こういう背景があってこそ、前記のものが生きてくる。

もうひとつ、よく知られている作。

三千世界の　カラスを殺し
主《ぬし》と朝寝が　してみたい

ただ聞き流していると、わかるみたいなんだが、考えはじめると首をかしげたくなる。むかし、カラスが騒音源のひとつだったことはたしかだが、それは高位高官に対してだって同じこと。雷が鳴っても起きないやつだっている。

それを、三千世界だなんて大げさにして、なぜかくもこだわるのか。おそらく二人は微妙な関係にあり、カラスという鳥に、ある種の人たちの意味をダブらせているのではなかろうか。手がこんでるよ。口ずさんでいるのを子供に聞かれ、意味を質問されても、答えやすい。しかし、外国語には訳しにくいだろうな。

カラスからの連想というわけでもないが、日本で最もポピュラーな漢詩は、張継の作の「楓橋夜泊《ふうきょうやはく》」だろう。

月落チ烏《からす》啼イテ　霜天ニ満ツ
江楓漁火《こうふうぎょか》　愁眠《しゅうみん》ニ対ス
姑蘇《こそ》城外寒山寺
夜半ノ鐘声　客船ニ到ル

夜がふけて月が沈み、ねぼけガラスがひと声、空では冷気のなか星々が地上の霜のように、という情景を、私はなんとなく心に描いていた。しかし、そういう解釈もあるが、暁のこととするのが正しいと、多くの本にある。なるほど、月が沈み、カラスが鳴き、霜がおりるのは、暁である。

となると、最後の一行はどうなるのか。大正時代の学者の、絶対に深夜だと強く主張している説も読んだ。おだやかになかをとれば、時は暁、うつらうつらの愁眠のなかで、夜中に鐘の音を聞いたなあといったところか。割り切れないものの残るところが、日本人の好みに合っているのだろうな。

現地に行くと、烏啼《うてい》という山があるそうだ。この詩のあとで命名されたのだが、あれは「月ハ烏啼ニ落チ」と読むべきだとなったりし、ますますごたつく。

孟浩然の「春眠　暁ヲ覚エズ」の詩は、あまりに明快すぎて、どこか照れくさい。理解度はそれぐらいかと言われそうで。

ここまでは、ウォーミング・アップ。さて、いよいよ俳句の分野で私見を述べることになる。しかも、あの、いまさらの句。

古池や蛙《かはづ》飛びこむ水の音　　芭蕉

書きうつすだけでも、緊張するね。ルビも、かはづなんだから。これは何ヵ国もの言葉に訳され、英訳に限っても何種もあるらしい。もはや、世界的な文化遺産である。

しかしだ、いったい、これがそんなにすばらしい句なのだろうか。日本人と他国人を問わず、これを外国語に訳した人は、そのよさを理解した上でやったのだろうか。とても、そうとは思えない。なんだかしらないが有名だということで、除外しないでおこうとの結果ではないだろうか。

だから、訳文で読んだ他国人は、正直なところ、どう味わえばいいのか理解しがたいだろう。そして、内心でつぶやくのではないか。日本人には、わかるものらしい。やはり、神秘的なやつらだ。自分たちと、感覚的に共通するものがない。文化交流どころか、誤解を大きくするばかりである。

これを手本に自国語で俳句を作れと言われたら、まごつくだけだ。

この句を、本当にいいと思いますか。

独断におちいるのは好ましくないので、俳句にくわしい友人たちに聞いてみた。答えはだいたい同じで「芭蕉には、もっと好きな句が、ほかにたくさんある」だ。私もそう思う。たとえば……。

おもしろうてやがて悲しき鵜舟《うぶね》かな
憂《う》き我をさびしがらせよ閑古鳥《かんこどり》

各人の好みはいろいろだろうが、文句なしにいいのが多い。しかし「古池や」となると、情景がぜんぜん伝わってこない。イメージが湧かないのである。

まあ、うるさいこと言わないで、みなが祭りあげているんだから、そっとしておけよ。それが正しいのだろうな。日本的な感覚と態度そのものだものな。しかし、訳文で読まされる外国人は、そうしてくれるかどうか。

しかし、知りたいね。なんでこの句が秀作なのか。解説を何種か読んでみた。どれもみな、歯切れが悪い。しかも、気が進まないような文章。お義理でやってる形で、読めば混乱するばかり。部外者の有名人の感想を引用し、お茶を濁したりしている。お手あげなら、そう書けばいいのだ。そして、外国語に訳すのなら別な句から、とでもつけ加えておくべきだ。

物いへば唇《くちびる》寒し秋の風

芭蕉先生のお教えではあるが、放任しておくのは私の性《しょう》に合わない。いくらかの日時を得たので、少し調べてみた。新潮日本古典集成の『芭蕉句集』と『芭蕉文集』に目を通した。深く味わったとか、真髄に触れたとか、おこがましいことは言わない。俳句は好きでも、どしろうと。お見せできるような作もない。ショートショートなら、会心の作がいくつかはあるがね。唇が少しひえてきた。

ページをめくって、しろうととしての第一の感想は、俳句ひとすじの人生で、残された句が意外に少ないな、である。九百八十句。二十歳から五十歳までの、三十年の成果が、一冊の句集におさまってしまう。しかし、これだけ充実した一冊は、ほかに類がない。今後は「この一冊」なんていうアンケートには、これにするか。

物書いて扇《あふぎ》引き裂《さ》く余波《なごり》かな

友人との別れに、記念にと扇に字を書き、半分ずつ分けあったのである。ひとつ利口になった。太宰治に、麻薬中毒の入院治療の体験を扱った作品「HUMAN LOST」というのがある。その発端の、禁断の苦痛の日記のなかに「ものかいて扇ひき裂く」との一文があったのだ。そのもとが芭蕉の句とは、知らなかった。太宰のからは、すごみが伝わってくる。記憶の底から断片的に浮かび出たのか、ひとりでそんな動作をやったのか。

横にそれかけたが、問題の「古池や」の句だ。四十三歳の春の作である。音符にからめてオタマジャクシなど、つまらんジョークを書いてる場合じゃない。手もとの歳時記によると、カエルは春の部にあり、やかましく鳴くのは春の交尾期とある。そして、卵がうまれオタマジャクシになるのなら、どこかおかしい。

それはともかく、その句を作ったとされる会とほぼ同じころ、大坂で俳句の選集『庵桜』が刊行され、こんな句が収録されている。

古池や蛙飛ッだる水の音

作者は芭蕉。解説者は崇拝者でなければならず、みなこのことに困り切っている。その選者が勝手に改作したとか、上の句を「山吹や」としたらとのすすめを排し、芭蕉が「古池や」ときめたとか、つまらん説を引用している。歯切れの悪さも、そこにある。往生ぎわも悪い。

事実はごまかせぬ。芭蕉は以前に「飛ッだる」で作っており、この春に「飛びこむ」に手直しした。すなおに、みとめる以外にない。

しかし、その選者が「飛ッだる」の句を、なぜとりあげたのかだ。片仮名入りも珍しいし、池、蛙、水と、縁のあるものばかりを並べている。わざと試みたのかもしれない。芭蕉は若いころ、談林派《だんりんは》に属していた。談林派とはもっともらしい語感だが、ひょうきんタイプといったところ。ふと、その習性が出たのだろうし、そこが談林派好みの選者の目にとまったのだろう。

外国語に訳せば「飛びこむ」と同じ文章になるのではないか。「飛ッだる」でも訳す価値があるという人、おいでだろうか。

ほかの人はどう思うかだが、ずっと私がこだわっていたのは「古池」である。池を見て新しい池と感じる人はいても、古い池だなと感じる人がいるだろうか。ヨーロッパの庭園ならクラシック調の池もあろうが、ここは江戸、隅田川《すみだがわ》のほとりである。資料によると、生簀《いけす》のあとだそうで、古色そうぜんという池ではない。

気にしながら、句集や文集の巻末の年譜をたどっていて、なんとか手がかりをつかんだ。芭蕉は三十七歳の冬に、深川に移り住んだ。芭蕉庵である。そして、それは三十九歳の年末、江戸の大火のため類焼する。仮り住まいや、小旅行の日をすごす。たまり場が欲しかったのだろう。翌四十歳の時、友人や門弟たちにより、芭蕉庵の再建が計画される。寄金が集められ、年末に芭蕉は新居に移る。焼けた家と、そう離れた場所ではないようだ。

当時の句に「ふたたび芭蕉庵を造り営みて」と、前書きをつけての作がある。

霰《あられ》聞くやこの身はもとの古柏《ふるかしは》

前書きがなければ、古柏とはなんだと、解釈に迷うところである。

そして、年を越しての四十一歳の春に「古池や蛙飛ッだる水の音」が出来た、と推定していいだろう。家が新しいからこそ、古池なのである。新居になじめず、しっくりせず、落ち着かない。暖かくもなれば、飛ッだるという気分にもなるだろう。ふと、ひょうきん風の談林派にも戻るだろう。事情を知る大坂の編者も「わかるよ」と、とりあげたくもなるだろう。やっと、理解の範囲内に入ってきた。

芭蕉はその年の八月から、いわゆる「野ざらし紀行」の、関西への長い旅に出る。このあいだに心境が変り、中の句を「飛びこむ」と手直ししたのである。

枯朶《かれえだ》に烏《からす》のとまりけり秋の暮

芭蕉はこの句について「烏のとまりたるや」と「烏とまりたるや」という真筆も残し

ており、この二作は枯枝となっている。適切な表現を求めつづけた人なのだ。

ましても、興のおもむくままの「飛ンだる」は、直して当然である。できれば句集に残したくなかったのだろうが、選集に入ってしまっていては、取り消しもできない。せめて、ほかの句との調子の差を少なくした形にしておきたかったのだろう。

そして、それが予想外の結果をもたらした。新築新居、手直し、二つの事情を知る者がいなくなると、わけのわからぬものとなる。しかし、なにやら意味ありげで、それゆえに風格めいたものが、くっついてくる。明快とか、才気とか、的確とか、多すぎる感傷とかは、日本人のありがたがらぬものなのだ。しかも、芭蕉はほかに多くの名作を残しており、それが支えにもなっている。

芭蕉の代表作として「古池や」を持ってくることには、異論のある人が多いだろう。しかし、俳句の分野の代表作となると、まあ、こんなところにしておくかと、落ち着いてしまう。流派、個性、きわめてはばの広い分野である。ぴしっとしたものでは、ぐあいが悪いのだ。あの芭蕉の作だしと、みな許してくれる。

まさに、日本的そのものの妥協の産物。訳文で読んだ他国の人たちに、これがわかってもらえるだろうか。こういう句は、才能と努力だけでは出来ないのだ。この国の風土が、名作に仕上げた。

明快ではよろしくない例を、落語の分野でとりあげる。最近、和田誠さんの『落語横車』の文庫収録で、解説を書く機会に恵まれた。創作落語も入っていて、イラストレーターとちがった面の才能を示す、面白い内容。

とくに巻頭のエッセー「時そばの時刻」は、和田さんならずとも「あ！」という新知識をもたらしてくれる。

くわしくは全文を引用しなければならず、そうもいかないが、九つと四つに、そうたいした時間のずれはないとの新発見である。時刻などどうでもよく、この話の解説抜きで笑わせる迫力に、あらためて感心した。

しかし、それを読んだ私は考え込み、そんな時間に商売になったのかと、またも迷った。そして、これは明治になって作られた、ナンセンス狙《ねら》いのものではないかと思えてきた。

そもそも「時そば」を聞いて、ほとんどの人が、いまのラーメンの屋台のようなものを頭に描くはずである。しかし、三田村鳶魚《えんぎょ》の『江戸生活事典』によると、車のある屋台など、とんでもない話だそうだ。小説『南国太平記』にそれが書かれているが、明治が幕末に顔を出してるようなものだと、きびしい。

それなら落語もとなって、はたと気づいた。これまでいろいろな落語家の「時そば」を数え切れぬほど聞いているが、どんなふうにそばを売り歩いているかの描写は、聞いたことがないのである。聞く方がつごうよく考えてくれるようにと、巧妙にぼやかしてあるのだ。解説なしは、時刻だけではない。

きびしい火災対策、町の木戸のしまる時刻、割り箸《ばし》の発生、金銭単位が文《もん》。考証的に迫ってゆくと、まさにフィクション。だからこそ、いかにリアルに仕上げるかに精力がそそぎこまれ、いやおうなしに聞く者を笑いの世界に引きずり込むのだ。江戸時代からの古典物より、さらに古典らしさをそなえてしまっている。

同じそばでも「そばの羽織」のほうがわかりやすいが、日常性がないためか、あまり聞かない。落語好きの人は、ほかの作品にもっと高い点をつけるだろう。しかし「時そば」の知名度や貢献度に、否定的な人はいないだろう。わけのわからぬ部分があればこそ、話し手の側に熱がこもり、古びそうで古びない。だからこそ、落語の代表作は「時そば」なのである。

こうしてみると、われわれはまったく、妙な空気のなかで暮しているというわけだ。

人と作物——歴史の一面

おのを借りて木を切りに行った男、池にそれを落としてしまった。貸した人は、現物を返せと無理を言う。男が池に投身すると、池の精霊が出てきた。聞かれるままにわけを話すと、美しいおのを出して「これか」と言う。「ちがう」と答えると、なくしたのを渡してくれ「正直なやつだ」と、タバコの葉とたねをくれた。バナナの皮で巻いて吸うと、いい気分になれるという。

おのを返してもらった人物、タバコをうらやましがり、自分ももらおうと池に飛び込み、死んでしまう。正直な男は、タバコをひろめた。その名はオトノ、これがタバコのはじまりである。

しばらく前に、教養文庫の『世界むかし話集』のアフリカ編を読んでいたら、こんなのにであった。巻末の解説によると、ドイツの有名な童話作家で昔話研究家、リザ・テッカーが採集したとある。

あらためていうまでもなく、タバコは新大陸が原産である。コロンブスの発見をきっかけに、タバコは梅毒という病気と同じく、たちまちのうちに世界中にひろまった。この民話は、それ以後の産物である。しかし、日本でいえば戦国時代で、わが国にだってそのあとに作られた民話も多いだろうし、どうこういうつもりはない。

ある部族の支配者が、祖先のオトノに箔《はく》をつけるため、作り上げた話ではなかろうか。利口なやつは、いつの時代にもいる。現代だって、スケールの大きな人への神話は、作られつづけているのだ。

それにしても、住民たちがどれいとして強制連行された代償としてのタバコである。私は複雑な悲哀を感じてしまうが、そんな人は少ないだろうな。事情を知らぬはずのない白人のテッカーさん、どんな気持ちでこの話を書きとめたのだろうか。

話は変るが、今村昌平監督の映画「楢山節考《ならやまぶしこう》」を見た。独特の迫力で、見ごたえがあった。旧友だからほめているのではない。ご存知のように、カンヌの映画祭でグランプリを取った。それを手ばなしで喜ばなかったところが、いかにも彼らしい。日本は車など作らず、昔のままでいればいいとの意識が加わっていたとしたら、あまり楽しくない。

しかし、作品の評価は各人の自由であり、受賞したことは、無視よりずっといい。そして、これまたこんなことを言うのは私ぐらいだろうが、収穫物を争っての惨劇のシーン。あそこではジャガイモより、カボチャかサツマイモのほうがよかった。場所も時代も不特定な寓話《ぐうわ》だから、どうでもいいわけだが。

これらの野菜、どれもタバコと同じく新大陸の原産。日本にはいずれも、戦国時代に渡来した。しかし、栽培が普及したのは、まず別名トウナスのカボチャで、ついでサツマイモ。ジャガイモは花を眺める草としてで、食用としてはかなり時代が下る。

純日本料理に、ジャガイモを使ったのはない。中国料理にもない。あの、なんでも食用にしてしまう中国人が、なぜかジャガイモだけは使おうとしない。中華料理店の中国系の人に聞いてみたが、はっきりしなかった。

いわゆる西洋料理では、ジャガイモは大昔からあるみたいに使われている。サツマイモは新大陸からヨーロッパ経由で日本へ渡ったのだが、西洋ではこれに目もくれない。サツマイモを使った洋食は、まあ、ないんじゃなかろうか。なんで、こう差が出たのだろう。

カボチャの馬車となると、かなり有名な作家シャルル・ペローの作『シンデレラ姫』の乗り物である。だから、この舞台となる時代の上限は、新大陸発見以前にさかのぼれない。この物語の原型は、旧大陸の各地に伝わる民話ということだが、もとの野菜はなんだったのだろう。

ペローも、ついうっかりというわけだろう。だからといって、この作品の価値が下るわけではない。私の作品だって、突っつけば、おかしな部分はいくつもあるはずだ。

手塚治虫製作のアニメ映画の大作「千夜一夜物語」のなかには、たえず水タバコを吸っている妙な生物が出ていたが、むしろ効果を上げていた。

百科事典や植物図鑑での原産地さがしは面白いが、民話調のものが書きにくくなる。パパイアは東南アジアのものとばかり思っていたら、南米原産なのである。コーヒーはアラブが原産で、カカオは南米。チョコレートの好きな王女など、気やすく書けなくなってしまう。

つぎは嗜好《しこう》品について。かつて英国人の上流階級の人たちは、中国から輸入した茶を愛用していた。高価だったようだ。緑茶と紅茶を別の植物と思っている人がいるかもしれないが、製造工程のちがいである。そのままのが緑茶で、葉を発酵させてからのが紅茶。中間のものがウーロン茶。

イギリスは産業革命の結果、大衆もあこがれの紅茶を飲むようになった。ドイツ人、フランス人は新大陸で栽培したコーヒーのほうを選んだが、ロシアとイギリスだけは、なぜか紅茶なのである。

紅茶なしでは、一日もすごせなくなった。早くいえば、中毒だ。中国からの紅茶の輸入で、貿易赤字がふくれあがる。これをなんとかせねばと、あれこれ考え、開発した製品がアヘンである。

そのあげくアヘン戦争となり、英国は香港を手に入れ、さらに売り込みをつづけた。けしからん話だが、英国側にいわせれば、自国民を中毒させた相手に、似たような品を売ってどこが悪い、ともなるだろう。

ふしぎなのは、だれがアヘンを作り出し、中国人があああものめり込んだのかである。アヘンの原料のケシは、中近東が原産。飲むと麻酔作用のあることは、ギリシャ時代から知られていたが、中毒はアヘンの形で吸引するまで例がなかった。

キセル状の用具での、手間のかかる吸引法によって、はじめて中毒症状となり、大流行ともなったのだ。百科事典によると、中国は平穏すぎたのでとのヨーロッパの学者の説をあげただけで、よくわからないと書いている。当の英国も、こんなに売れるとはと、内心びっくりしたのではなかろうか。

中国人以外は、アヘン吸引をやらない。タイやビルマの奥地での栽培は戦後になってからのことだが、両国とも吸う人はまれである。日本も同様。家のつくりが解放的で、騒音があると、ききめが弱いらしい。

幕末、アヘン戦争を知った連中が、攘夷《じょうい》論に走ったわけだが、アヘンを吸ってみた人はいなかっただろう。時代劇映画でアヘン密輸を扱った物を見たが、フィクションと割り切っての作品と思う。

麻雀の起源は古いらしいが、現在の形となってひろまったのは、清《しん》の時代らしい。アヘンと大差なく新しいのだ。中国人のなかには、妙にユニークなものを考え出すのが出るようだ。

現代の日本は、なぜか覚醒剤。天皇がアメリカ大統領を迎えて、この国特有だと話されたほどである。流行というものは、ステータス・シンボルからはじまるとの説もある。たしかにタバコ、紅茶、アヘン、麻雀には共通している。

しかし、日本の社長たち、ゴルフはやれど、ヤクはやっていないぞ。待てよ。そのかわり、仕事への熱中となると、中毒症状としては、似たようなものかもしれないぞ。となって、なんとなく、みなさんのなっとくするような形でおさまった。

細菌戦の謎――ペストとはなんだ

時期はずれもいいところだが、森村誠一氏の『悪魔の飽食』の正続二冊を読了した。ついでに、新潮社刊の常石・朝野両氏の『細菌戦部隊と自決した二人の医学者』も読んだ。

スパイの限界についてのエッセーを書いたあと、細菌戦も同様ではないかと思ったのだ。簡単に考えても、敵に対して使うのなら、味方の軍隊、あるいは国民に予防ワクチンを注射しなければならない。とても極秘にはできない。察知されたら、核を含む他の兵器での先制攻撃を受ける。

『悪魔の飽食』が刊行になる前に、医学史専攻の中川米造教授と対談した。病気のふしぎさに関し、こんな話を聞いた。

「ペストなんか、おかしなものですよ。何回かの大流行のあと、わけもなくおさまってしまった」

十九世紀前半で、ヨーロッパから姿を消した。百科事典には「インダス河の東にペストなし」との言葉がのっているが、東洋に大流行の記録はない。菌を媒介する小動物の生育に適さないためか。

しかし、皆無ではない。明治二十七年（一八九四）に香港で流行し、日本の内務省衛生局（いまの厚生省）から、北里柴三郎が派遣され、菌の分離確認に成功した。フランスから来た医学者エルザンも、ほぼ同時に独自に発見した。そのため、ペスト菌は北里エルザン菌とも呼ばれるようになった。

この時、東大からは青山胤通《たねみち》教授が出かけたが、感染し、なんとか助かった。死亡率は下がっていたのだ。

野口英世も渡米前、北里の口ききで横浜港の検疫の仕事をやり、明治三十二年に保菌者を発見、上陸防止をやっている。野口はさらに、中国の沿岸の都市でのペストの調査に出かけている。香港と同じく、大流行にはならなかった。

かつての恐怖の大疫病も、かなり弱まっている形である。しかし、細菌戦の本には、各所にペスト菌の名が出てくる。この件のさわぎも一段落したようだし、その見地から考えてみようと思ったのである。

さきにあげた三冊のうち、主に『悪魔の飽食』をもとに、事件のあらましをたどってみる。

主役は、石井四郎なる人物である。明治二十五年（一八九二）生れ、秀才で、ストレートに京大医学部を出て、陸軍に入り、委託学生として大学院で学ぶ。

そこを出て、軍医として昇進をつづけ、学位も取り、昭和五年（一九三〇）三十八歳にして軍医少佐、軍医学校教官、兵器本廠《ほんしょう》の幹部を兼ねる。

石井は頭が切れるばかりでなく、上司にとりいるのもうまい。軍医界の実力者、小泉親彦《ちかひこ》に信用された。小泉は近衛、東条内閣で厚生大臣をつとめ、戦後に自決した。

また、のちに斬殺された永田鉄山軍務局長に費用を出させ、ヨーロッパへ長期の視察旅行に出かけた。昭和六年のことである。そして報告。

「ヨーロッパでは、ペストに対する恐怖が強烈で、これを細菌戦にと研究するのは、どの国も避けている。日本は、これを独自にやりましょう」

そして、そのための部隊が編成され、満州（中国東北部）の小さな村に実験場が作られた。そう遠くないハルビン監獄の死刑囚を連れてきて、研究に使うのである。

これがマルタと呼ばれたもの。材木同様だから丸太となったらしい。死刑が妥当だったのかどうかは不明。多くの人間を連れてきて、さまざまな扱いをしたらしい。死体はすべて焼却し、証拠を残さない。

この指揮者、責任者が石井四郎というわけだ。青酸化合物の解毒剤開発をやってみたり、生体解剖をやったり、生き残りの人たちの証言を集めて、その例をあげている。まったく、胸のむかつくような話ばかり。しかも、日本人がやったとなるとね。

その前に早川文庫で刊行された、C・ベルナダク著・野口雄司訳の『呪われた医師たち』という本がある。著者はフランス人。ナチのおこなった生体実験の実例を、たくさん並べている。書き方がクールで、科学的で、妙な迫力がある。ユダヤ人の大量殺人とは、また別のことである。

考えてみると、日本人の罪が薄れるわけではないが、非人道的といえば東京大空襲もそうだし、理不尽と被害者の数では、終戦時のソ連軍の満州での行為のほうが上なのではないか。

戦争とは狂気である。平時においても存在する。ベルナダクは序章で書いている。

「もし百人の人間を救うのに役立つのなら、人間モルモットの一人ぐらいは殺すのも辞さないのでは」

原爆投下を命じた、トルーマンの発言に似ている。それに対し、医師たちは本音はイエスだと答えている。百人の患者、その家族も同じだろう。狂気のもとは、みなが持っているのだ。議論の焦点は、そこにある。

話が、かたくなってきた。

だれも言ってないようだが、私はこの石井なる人物は、とんでもないペテン師だったのではないかと思う。

ヨーロッパへ出かけて医学者たちに会ったのなら、ペストは終りとわかったはずだ。一般の人は恐怖を感じるかもしれぬが、患者が消えて百年である。それを知りながら、帰国して、もっともらしい計画を作りあげた。上司に働きかけるのは天才的で、陸軍内部の統制派にも皇道派にも顔がきいた。やることも、芝居がかっている。陸軍大臣の車に飛び乗ったとか、なぐりかかろうとしたとかである。

石井部隊は軍医部から独立した組織で、極秘を主張すれば反対されることなく、大量の予算を自由に使えた。

『悪魔の飽食』の書名の由来は、そのぜいたくさである。連日の食事の豪華さ。満州の奥地で、エビのテンプラやサシミを食べている。敗戦の前年、内地では食えればなんでもの時代に、山海の珍味、酒もたっぷり、糖尿病になりかねないメニューである。自分だけでなく、隊員たちもいいものを食っていたらしい。戦後に内部告発がなかったのも、そのせいかもしれない。

映画も作られたらしい。飛行機の発進。敵地の上空で、ペスト菌のついたノミをまく。中国の衛生兵が白衣で消毒している光景で終る。実際に使った証拠だと言う人もある。おかしいと思わないか。ラストのシーンは、だれが撮影したかである。えらい人にそっと見せる、こんなふうにやるとのPR映画だったにちがいない。

しかし、別な部分では、こうも書かれている。飛行機の高度を上げすぎると、ノミが死んでしまう。そこで、圧力を保つため、陶器爆弾が作られた。

森村氏は、ペスト菌は風船爆弾と関連があるのではとの、アメリカ人の説を紹介している。戦争末期に日本が作った風船で、上空の偏西風によって米本土にとどくのである。げんに、少しの損害は与えた。

鈴木俊平氏が『風船爆弾』という本を書いている。ここでは、使用、不使用の議論があり、欧米人のペストへの恐怖をあおってはと、山火事を目的の性能にしたとなっている。

かなりの高空で、低温である。時間だってかかる。宿主の小動物なしで、ノミがどれくらい生存できるか。多くの人が、ペスト菌が嫌気性《けんきせい》であることを知らずに論じてる。『呪われた医師たち』にも、日本の風船爆弾に細菌培養器がつまれていたのは確実だとのっている。それには、農学研究所の主任や教授も関係していたとある。気球は一万から一万五千メートルの高度。なにかで温めないと、宿主もノミも死ぬ。記述が科学的なだけに、こんなのがまざると、信頼度ががた落ちとなる。ナチと無関係なのだから、除いておけばよかったのに。

微生物に関連する農学部門となると、農芸化学で、私は終戦の年の春に入学した。しかし、いまに至るまで、そんなうわさは聞いたことがない。

ペスト菌を強力なものにするため、人体から人体への感染を重ねる計画もあったという。嫌気性菌では、むずかしいのだ。これが石井の発言とすれば、まさにペテン師の才能である。予算担当者は、ころりとだまされる。

つまり石井にとっては、細菌戦なんか、どうでもよかったのだ。威張って、ぜいたくをしていれば満足。生体実験は、部下の医師たちの好奇心によるものではなかったのか。本人はサディストでなく、ペテン以外には無関心だったらしい。

日本に引き揚げる時は、宝石など価値のある物品を、大量に持ち帰ったはずである。資料も持ち帰ったらしい。

しばらくは、戦犯追及におびえていただろう。建物は完全にこわしたから、証拠はない。証言者は、自分も同罪となるので、口外しないだろう。死刑囚を医学実験に使うのは、本人の同意があれば、アメリカに前例がある。などと考えながら。

そのうち、石井はあることに気づいた。木戸幸一の弁護人もいち早く気づいたのは、江藤淳氏の本で知った。東京裁判は、勝者のさばきではあるが、いちおう国際法をふまえているのだ。捕虜の殺人とか、非戦闘員の大量虐殺とかに関連づけてである。

また、常石・朝野両氏の本ではじめて知ったことだが、第一次大戦後、あまりの悲惨さに、毒ガスの使用禁止の協定が、ヨーロッパ諸国で結ばれた。細菌兵器も含めての提案だが、日本とアメリカ、イギリスは批准しなかった。

となると、石井をさばけなくなる。だれか仲介者があってか、無罪を条件に、石井は資料を米軍に提供した。

やがて、朝鮮動乱が発生し、米軍が細菌兵器を使ったとの説が流れた。これについてのジョークを読んだ記憶がある。

捕虜となった米兵の一団。北側の兵士の前に並ばされ、細菌がまかれたと、びんに入れた小昆虫を回覧させられた。すると、ひとりがびんのふたをあけ、昆虫を飲みこんでしまった。

医学知識があってかどうかだが、よくできた話だ。自国はそんな手は使わないと、信じてのことかもしれない。原爆がアメリカの独占だった時期である。

たぶん、北側がアメリカの反応を知ろうとして流した情報だろう。どれくらい知っているかだ。私には、石井が渡した細菌戦のノウハウは、ほとんど役に立たぬ内容だったと思えてならない。

ここでも、またペテン師の才能を示したのだ。巧みに話し、いくらかの代金をも手にしたらしい。さらに、進駐軍という虎《とら》の威を借る狐《きつね》ともなれた。それを利用した残党もあった。

アメリカは黙ったまま。意味ありげに、なにかあるように思わせておくのも、戦略のひとつなのである。正直に言うことはない。

巨額な資金を使っての研究成果だ。ためしにと買ってみたが、内容ゼロ。石井にうまくだまされた。ペスト患者が出たのなら、その写真を発表してみろなど、手のうちをあかすことはない。

石井は昭和三十四年（一九五九）に死去。六十七歳。自由の身で、警備もつかなかったらしい。ソ連になにを話されても、無害とされたわけだ。KGBの一員も、ひそかに接触したかもしれない。

「心配するほどのものじゃ、ありませんよ」

その石井の返答を、どう解釈したものか、さぞ困ったことだろう。

本当に本物だったら、そうはならない。ドイツの敗戦の時、ロケット研究者を、米ソが争奪した。フォン・ブラウン博士と弟子は、アメリカへ連れていかれた。いい対照ではなかろうか。

いささかペストにこだわりすぎたが、どの本にも当然といった感じで、ペストが活字になっているのだ。疑問としながらの記述だったら、私もこんな一文を書く気にならなかったろう。

朝鮮動乱での正否の断定は、私には下せない。しかし、その後、今日まで、ペスト流行のニュースを聞かない。死者は出なくなったらしい。

新大陸発見のあと、南米インディオは、ハシカ、ショウコウ熱、インフルエンザなどの伝染病で大ぜい死んだ。免疫を持たなかったのだ。計画的にやったとの文を読んだことがあるが、どうかな。コッホが病原菌としての結核菌をはじめて発見したのは、一八八二年である。

侵略されたインディオが怒って、手びかえていた梅毒菌を送り出したというのと、もっともらしさは同じである。

いったい、細菌戦とは実用可能なものなのか。へたに使えば、世界中から非難される。うまく使えたとしても、自国への同調者まで殺してしまう。

遺伝子工学で、新種の菌を作れるかもしれない。しかし、強烈すぎると『復活の日』のように、人類滅亡になりかねない。ほどほどのをとなると、何百人かの生体実験をしなければならない。

それればかりが目的ではないが、SF作家は新奇なものを、時代にさきがけて作品にした。しかし、細菌戦をまともに扱った作品を知らない。ウエルズの『宇宙戦争』は、結果としてである。

情報時代になったせいか。医師団体と製薬業界が共同で新種のインフルエンザ・ビールスを開発なんて、まあ無理だ。

のんきなことを書いているが、安全の保証はなにもなく、どうも落ち着かない。エイズさわぎは、どうなることか。

中国式――健康法

多くの人が驚いてくれそうな特技が、私にはひとつある。立って身をかがめて、手のひらが床《ゆか》に着くのである。もちろん、ひざをまげたりしないで。

身長は一七八センチ、手も長いが、足だって長いのだ。みごとなものだぜ。それに、年齢を考えてみてくれだ。

一昨年の秋に、ショートショートが一〇〇一編となった。しばらく休養しても文句あるまいと公言し、そのつもりだった。休んでどうするとの計画もない。目的があって休むのは、休みじゃないんじゃないか。日本人的な性格も、しばらく休止というわけ。

そんな時、あるPR誌で、某大学教授と宇宙開発についての対談をした。その先生、UFOを信じているし、ホンパンなど中国の秘密組織にもくわしく、面白かった。その席上で、私にすすめた。

「導引《どういん》をおやりなさい。よさそうです」

中国古来の整体術で、友人がやっていて、調子がいいとのこと。それなら、ご自分がやればいいのに。知的興味のほうが優先し、時間がとれないのかもしれない。

もともと私はからだが柔軟なほうで、ひまができたらヨガでもやろうかと考えていた。しかし、これもなにかの縁、ものはためしと、教える人の所在を紹介してもらった。

そこへ出かけてみた。まず「人体は気だ」とのこと。指導料は少し高い気もしたが、バーで飲むのとくらべれば、さほどでもない。なにごとも、体験である。

呼吸法と、ツボを指で押すのと、柔軟体操を組み合わせたようなもの。四日かよって、その方法をおぼえた。あとは自宅でやればいい。考えてみれば、安いものだった。

それから、一日も欠かさずつづけている。起きて食事のあとテレビの「徹子の部屋」を眺めながら、二十分ほど。あと夕方に五分ほど。中国四千年の健康法である。全身マッサージをやってもらったようで、前夜の酒でのだるさなど、消えてしまう。

銀座のバーで陳舜臣さんと会った時、その話をしたら「導引はいいですよ」とのこと。副作用はないらしい。

生命には気の調整が大切で、筋肉をきたえるジョギングなど、疲れるだけで無意味と言われたのを信じている。つごうのいいことは信じて損はないし、ある年齢になったら、体力より体調のほうが重要だと思う。

そんなわけで、息をきらせることも、苦痛もなく、むしろやらないと落ち着かない気分になる。それにつれ、からだはますます柔軟になってきた。

椅子《いす》か台の上に立ち、足もとに手を伸ばすと、腕時計のあたりまで下る。手のひらにくらべて数センチの差なのだが、指先が足より下に伸びているので、視覚的な演出効果は、なかなかのもの。それが目的じゃないけど。

二十代の若者で、手がひざの下ぐらいにしかとどかないのがいる。情ない傾向というべきか、私のほうが変っているのか。

肝臓にもよく、酒の飲みすぎも心配ないという。そんな気がしないでもない。もちろん各人各様、性別、年齢、職業などによって健康法の適不適はあろうが、私にはぴったりのもののようだ。このままつづけたら、立ったまま、両ひじを床に着けられるようになるかもしれない。まさかと思う人もいようが。そんな楽しさもあるのだ。

くわしくお知りになりたければ、酒風呂を流行させた著者が「ごまブックス」で、何冊か導引の本を出している。巻末には、各地の教習所（?）の所在がのっている。

私は、最初の出会いがいい形だったため、こう、すべてが好調に進行したのかもしれない。

ひとつの別れ――サンタクロース

かつて、アメリカのヒトコマ漫画を収集していた時期があった。ヤシの木だけの孤島に、流れついた人物の構図のものである。

集めはじめて気がついたのだが、なにも孤島物に限ることもないじゃないか。かくして、あらゆるヒトコマ漫画の切抜きが、山をなした。膨大なものである。ヒトコマの画集も、ポケット版から豪華本まで集めたし、アメリカの古雑誌を扱う店の主人にたのみ、手伝ってもらったりした。

そのうち、分類してみるかと思い、ある雑誌に、テーマ別にエッセーをまじえて紹介の連載をやった。のちに本にまとめた。『進化した猿たち』(新潮文庫)である。

そのなかで、サンタクロース物の特集もやった。関心のおありのかたは、ごらん下さい。かなりのものだ。一例をあげる。

デパートでサンタ役をつとめる男が、子供に希望の品を聞き、こう告げられる。

「戦争のオモチャはいらないよ、軍縮主義者になったんだ」

感心したりすると、こうつづけたりもするのである。「きれいなねえちゃんを、世話しておくれ」

サンタ物のコツもおぼえた。いま思いついたアイデア。

「マリファナをおくれよ。どうせ、空飛ぶトナカイで、国境を越えるんだろう」

もうひとつ、CIAの依頼。

「北から来る時、クレムリンに寄って、なにか書類を持ち出してきてくれないか」

いくらでも、できそうだ。

人類はさまざまな物品を発明したが、人類の発明した人物となると、さほど多くなく、そのなかでの最大傑作はサンタクロースだ。

ほかにもピーター・パンとかシンデレラ姫などあるが、一目でわかる点では、とても及ばない。アメリカ版プレイボーイ誌のある漫画を見て、文の意味はわかるが、どう面白いのかわからないのをみかけた。

意地になって考え抜き、やっとその女の子が〝ふしぎの国のアリス〟と判明したことがあった。パロディである。原作を読まず、ダムとディーという双子《ふたご》の中年男を知らなかったら、わからずじまいだったろう。

そこへいくと、サンタはまちがえようがない。白いふちどりの赤い服、帽子、長ぐつ、白いひげなど。

くわしい由来は百科事典にのっているが、アメリカへ移民したオランダ清教徒がこの外見を考え、クリスマス・プレゼントの商売と結びつけ、全米にひろまった。いかにもアメリカ的で、ユーモラスだ。カソリックの国では、どうなのだろう。

アメリカでは今でも、クリスマス・シーズンには、サンタが各所で活躍するのだろうか。サンタは古きよき時代の、健全な家庭にこそふさわしい。離婚率が五割を越えては、しっくりしないのではないか。

レーガンは復古ムードに努力しているようだが、米国史上はじめての再婚の大統領である。うまくいけばいいのだがね。

なぜ私が復古調を望むかというと、ヒトコマ漫画の活性化のためである。アメリカ文化の産物のひとつだったヒトコマ漫画が、その全盛期を終え、いまや質的に東欧諸国に追い抜かれた。

どうしてそうなったかというと、セックスをはじめ、多くのタブーがなくなったためらしいのだ。浮気発覚も、もう笑いのたねにはならないのだ。サンタクロースのホモなんて、以前は想像を絶することだったが、いまでは漫画にすらなるまい。

わが国でも、サンタクロースの人気は、べつな意味で低下してしまった。というからには、全盛期があったのだ。一九五〇年代。私も若かった。戦争が終って、混乱が一段落する。そこへ流れ込んできたのが、光り輝くアメリカ文化である。

映画であり、音楽であり、コーラであり、ファッションである。やがてテレビも出現し、普及し、ミステリー、SFのドラマも輸入された。

そのころのクリスマス・シーズンの盛り場は、大変なにぎわいだった。酔っぱらいがうかれさわぎ、サンタクロース役の男がほうぼうにいた。「ホワイト・クリスマス」などの音楽がひびき、だれもキリストとはなんの関係もなしに、アメリカ文化の夢に酔っていた。

五〇年代の終りごろ（昭和三十三年）私は作家になり、仕事に専念で、結婚もしたし、イブのにぎわいとも無縁になった。

それでも、十二月号あたりには、サンタを主人公にしたショートショートを書いた。合計で五編ぐらいあるかな。しかし、それも、なんとなくやめてしまった。

クリスマスなるものの重要性が、かなり薄れてしまったためだ。ノアの箱舟を知らぬ世代が、ふえてきた。私の気づくのがおくれたのは、娘がミッション系の学校へ通っていたためである。

公立大学で入試にキリスト教関係の問題を出したら、憲法違反とかみつかれる。となると、高校以下の学校では教えなくなる。親だって、普通の家庭では話してやらないのではないか。教養として、新聞あたりが特集してくれればと思うが、媒体としての体質が古くなったのか、だれも知ってるものという前提で紙面を作ってくれる。

テレビでも、ある時期までは、クリスマス・イブを考えて番組を作っていた。外国製のクリスマス・ドラマが放映され、クリスマス音楽もくりかえされた。それが、このところ、ほとんどやらない。

お菓子屋の前を通って、そういえばと気がつくぐらい。不二屋チェーンは、がんばってるなあ。

しかし、そのお菓子屋も、このところバレンタイン・デーのほうが活気があるのではなかろうか。バレンタインがどんな人か、わからないのがいいのかもしれない。絵にも描けない美男か美女と思っている子供が多いのではないかな。オー・マイ・ダーリン・バレンタイン。サンタは外見がきまっているため、枠を越えられないのだ。

お菓子屋の焦点も、ひな祭、五月五日、チトセアメと多様化の傾向にある。

見まわしてみるとだが、サンタのような老人は、日本的でない。ふとっていて、にこにこして、子供好きというのは、あまりいない。やせて、きむずかしいのが典型である。吉田茂は日本人ばなれしてたなと思うが、いまや彼すら知らぬ人が多くなってしまった。

あと、クリスマスという時期が悪い。キリスト教圏では正月などなく、二日から平常どおりの仕事である。だから、クリスマスが山場《やまば》となる。

わが国では、めでたいのはお正月、宗教心が薄いなんていうが、初もうでに行ってみると驚異である。一年中の宗教心を、ひとまとめにしたような人出だ。知り合いの子供が来たら、お年玉をはずむ。子供のほうもそれを期待し、クリスマスはあきらめている。

クリスマス・プレゼントは、恋人どうしか、親から子へぐらいのものだろう。世話になった人への義理は、お歳暮《せいぼ》ですんでいる。家族づれで外食などは理想的だが、父親は忘年会のあいまで、どうも落ち着かぬ。だんらんムードは、年を越してからだ。

私の青春と重なっているので否定したくないのだが、やはり五〇年代が異常だったのだなと思わざるをえない。復古調というか、この風土のなか、昔からの日本の行事は、容易なことでは変わらないということだ。

つまり、サンタクロースのかげは、すっかり薄くなってしまった。悲しいけどね。世の流れはいかんともしがたいのだ。欧米文化へのあこがれは、そう強烈ではなくなった。外国製品は簡単に買えるし、旅行だって珍しいものではないし、ありがたみがなくなった。

しかし、東京ディズニーランドの盛況を見よと言いたい人もいよう。私は、かつての大阪万博と同じく、物めずらしさのあらわれと思う。何回も行きたいなんていう人は、あまりいないのではないか。まあ、毎年かなりの子供が生まれており、育ち、東南アジアからのお客もあり、さびれるということはないのだろうが。

ディズニーの長編アニメにはじめて接した時の私の受けたショックは、いまの子供にはないのではないか。国産アニメの向上もめざましい。それに、ディズニーは多民族国家のアメリカにこそふさわしい。

べつに、私は反ディズニー論者ではない。若いころはそのファンクラブに入り、会合にも出たし、会報を送ってもらっていた時期だってあったのだ。なつかしい思い出だ。

かつて議論のたねであった、アメリカナイズへの期待も警戒も消えてしまった。むしろ、日本製品の波を気にする国のほうが、多いのかもしれない。なにかのめぐりあわせ。それでいいのだろう。私の追憶のなかで、多くの名称がきらめきつづけている。

ラッキー・ストライク。ハーシー・チョコレート。風船ガム。グリア・ガースン。ゲーリー・クーパー。ガーシュイン。トミー・ドーシー。ダグウッド一家。パーカー万年筆。テネシー・ワルツ。ジッポー。コミック・ブック。ビング・クロスビー。バージル・パーチ。ポパイ。キャデラック。マッド……。

思いつくまま書き並べているうちに、胸になにかがこみあげてくる。月日は流れる。すべて、きのうのことのようだが。

サンタクロースさん。あなたも、そうなってしまったのだね。さよならを言う機会がなかった。グッド・ラック。アメリカで元気にやってるのなら、そのうち会いに出かけたいと思うよ。私と同世代の人たちは、いいとしになったが、だれも忘れていないからね。

一ドル紙幣――ハワイ・その1

二月の末に一週間ほど、ハワイに行ってきた。ことしはのんびりすごす予定だったが、某社の募集作品の選考で、二月はじめまでけっこう頭を使った。

下の娘がサーフィンに熱中していて、仲間たちと簡易マンションを借りている。三月までは一人きりだというので、そこを利用することにしたのである。岩場でやるというので、なんと危険なことをと思ったが、海底に岩がないといい波が発生せず、それは海辺から二百メートルも沖なのである。

出かける気になったのは、例年になく寒かったこと。そう考えるのはだれも同じで、アメリカもかなりの異常寒波。それに景気も上むきだそうで、米大陸からも人が押し寄せ、ホテルの部屋は奪い合い。お帰りいただければ、二百五十ドルさしあげるという話も聞いた。日本人とちがい、本土からの客は、最低で二週間は滞在しているから、そう持ちかけてみたくもなるのだろう。

ハワイは十年ぶりぐらいだが、高層ホテルのふえたのには驚いた。建築中のも多い。この調子だといずれどうなるのか、いささか気がかり。すでに交通は渋滞しがちになっている。

日本からの旅行者は、海に面した部屋にとまりたがる。当然それは気持ちがいいのだが、裏側も悪くないのである。山腹にひろがる住宅地の夜景は、香港なみの美しさだ。とにかく、暖かく、おだやかなところだ。

ある晩、サンセット・クルーズに参加した。中型の客船で夕方に洋上に出て、日没と夜景を楽しむもの。ビュッフェ式の食事や酒がついていて、ショーも上演される。最初はあまりの人数にうんざりするが、下の食事のフロア、ショー見物、上甲板へと分散すると、まあ落ち着く。

日没の瞬間も、それにつづく空の色の変化もすばらしいが、私はここではじめて、いかにして夜となるかを知った。

日が沈んでも、かなりのあいだ、西の空は明るい。やがて気がつくと、その明るさは弧をなして、つまり扇子《せんす》形《がた》になって残っている。真上を見上げればすでに夜で、銀河の星がまたたいている。その暗さが、西の水平線上の光の扇形を、少しずつ小さくしてゆくのである。

言ってみれば当り前のことだが、こういうのを眺める機会は、めったにない。都会では無理だし、西の山に日が沈む地方では、こうはいかない。同船していた人は多いが、新婚カップルはそれどころじゃないだろうし、ショー見物の好きな人も多いし、海からの町の夜景を喜んでいる人もかなりいた。私だって、帰ってすぐ締切りがあるという状況だったら、それに気づかなかっただろう。

感激というほどのものでもないが、ひとつの新知識である。夜の暮れ方を知らずに生きている人は、大ぜいいるのではなかろうか。知らなくたっていいけれど。

ぼやっとしつづけでもと、マウイ島観光のツアーに加わった。高い休火山があり、小型バスで頂上まで行ける。NASAが訓練に使ったとかで、草一本なしの火口。雄大で、他の惑星のようだ。

この島には旧式の小さなSLが走っているが、観光的なものはなにもない。海岸リゾート地に並ぶホテル群は、満室のはずなのに、昼寝をしているかのようなたたずまい。オアフ島以上に平穏。川上宗薫さんが泊って、あまりの退屈さに、たちまちねをあげたところだそうである。

それだったら、ポリネシア文化センターへ行ったほうがよかったかもしれない。南太平洋の民俗的なものが集めてあり、そういったショーも上演されているとのこと。しかし、この名称を見ると、どうも朝日カルチャー・センターとつながってしまい、むずむずしたような気分になる。

それはそうと、私は珍しいものを買って帰った。これだけアメリカに関する情報があふれているのに、まだ見聞していなかったしろものである。それとも、つい最近、出まわりはじめたのだろうか。

コインやスタンプ（切手）を扱う店に入った。私には、珍奇なものを感知する能力があるのかもしれない。日本でも、古道具屋には入るが、この種の店には関心がない。しかし、なにかありそうな気がしたのだ。

ショー・ケースのなかに、ドルの札が並んでいる。日本だって、古い紙幣を売っているから、それはありうることだ。

しかし、なにかおかしい。目を近づけてみて、驚いたね。見たことのある顔が中央に印刷してある。米ドル札は、みんなそうじゃないかと言う人もいよう。

でもねえ、ジョン・ウェインなんだからねえ。まさかと思ったが、どう見てもそうだ。カウボーイ・ハットをかぶっている。一ドル札なら、初代大統領のワシントンであるべきなのに。

あらためて、そこに並べてあるほかのを見たら、あるわあるわ。マリリン・モンローがある。スターウォーズのダース・ベーダー。猿の顔のがあり「猿の惑星」に出てくるやつかと思ったら、これもスターウォーズに出てくる毛むくじゃらのやつだった。あの二人組のロボットのもあった。

ビートルズの四人が印刷されているのも、ジョン・レノンひとりのもあった。エリザベス女王の一ドル札など、頭がちょっと混乱する。

私はいくつかを買った。一枚、三ドル九十五セント。セルロイドのケースに入れてある。店の人の話だと、これは現実に通用するのだという。なんとかいう人の、長い間の苦心の交渉の結果だそうだ。使ってみようかと思ったが、異国でとっつかまるのもたまらんし、みすみす四倍ものものを一ドル代りに手ばなす気にもならない。

帰国してから、じっくり見くらべてみると、顔の部分以外のデザインは、まったく同じである。もっとも、ナンバーはちがうが、これはちがって当り前。手ざわりだって、差がない。未使用のものだから、手の切れるようなと形容したくなるほど、本物っぽい。大きさもぴたり。

いったい、いかにして、こんなものが出現したのかだ。これだけの印刷技術があれば、にせ札だって製造可能だ。それが存在している。いずれだれかが説明してくれるだろうが、考えられることは、政府がその申請者の依頼を受け、印刷局で刷り、二ドルぐらいで売り渡しているのではなかろうかだ。

日本でも、専売公社が、ある個数をまとめて依頼すれば、好みのデザインのタバコを作ってくれる。北杜夫さんが、マブゼ共和国用のセブンスターを作った例がある。私の場合も千編目の時に、セブンスターに似たデザインの Sen Stars のタバコをある人が作ってくれた。名称がちがうので公社は作ってくれず、了解のもとに包装しなおしたのである。

また、中近東の小国では、妙な切手をいくつも作っている。発注したら、なんでも作ってくれそうだ。もっとも、その国から出す手紙以外には使えず、実用性はなにもないわけだが。

その延長上とみればいいのかもしれないが、いやしくもアメリカのドルである。おふざけに政府が手を貸すとはね。しかし、それが実現しているということは、反対論もなく、おおらかなユーモアととる人が大部分というわけなのだろう。また、エリザベス女王の顔の使用を、イギリス政府がよく許可したものだ。

日本だけが、とり残されているのかもしれない。一円玉に限り、大きさが同一なら好きな図柄のを作ってもいいとしても害はなさそうだが、やはり不許可だろうな。

戦前の話だが、日本の有名スターの小切手が売りに出されたことがあったらしい。金を払うと、その金額の小切手がもらえるのである。銀行に振り込めば現金化できるが、だれもやらない。その署名をとっておきたいからである。

面白いアイデアで、だれかやらないかと思っていたが、いまや小切手をみかけることもなくなってしまった。

まあ、こんなことでもないと、一ドル札をしげしげと眺めることがない。そして、その裏面の絵が実に異様なことに気づいた。五ドル、十ドル、二十ドルは建物の絵なのだが、一ドル札のは右に鷲の図。これはいいのだが、左が奇妙なピラミッド。その上部の三角が切れて浮き上り、光り輝いていて、なんと人の目が描かれているのだ。

ピラミッド・パワーについての本の表紙にふさわしい。案外、そのさわぎのもとは、ここにあるのかもしれない。

最近のSFアートなどより、ショッキングである。日本人の感覚では「気持ちが悪い」どころか、悪趣味という印象だ。この図柄がいつごろから使われているのかしらないが、よく政府が採用したものだし、だれもがなんとも感じないで使っているということは、微妙な国民性の差というわけだろう。

こんど一ドル札にめぐり会う機会があったら、よくごらん下さい。話題にもなるし、考えさせられますよ。

顔——ハワイ・その2

ハワイでは、各所にひるがえっている、妙な旗を見た。左上の四分の一、星条旗なら星々のある部分だが、そこが英国国旗と同じなのである。

なんだ、ありゃあと思ったが、まもなくハワイ州の旗と知った。オーストラリアと同類かと、まちがえるではないか。なんで、こんなまぎらわしいことになっているのか。

ハワイの支配権をめぐって、米英間に論争のあった時期もあったらしい。その結果「旗の図柄について顔を立てておくから」と、妥協ができた。これは推論である。ひまがあったら、調べてみたい。

好奇心の対象は、どこにもころがっているのだ。しかし、すぐさま調べようという気になるかどうかは、別問題。なにもハワイでの時間をつぶしてまで、追究することもあるまい。

オーストラリアに行った時、乗った航空機会社のQANTASとはどんな意味かと気になった。女性のガイドに聞いたら、つぎの日に教えてくれた。Q（クイーンズランド州）A（アンド）NT（ノーザン・テリトリーで、州に昇格してない北部地区）AS（エア・サービス）をつなげたもの。日本でいえば東北国内航空といった感じだ。地方線が国際線に成長しても、その名を使っているというわけ。他国人にはわかるまいときめてか。

もうひとつの疑問の「ニュージーランドという島があるが、ジーランドという名の島は、ヨーロッパのどこにあるのか」には、解答が得られなかった。いまだに知らぬままだが、まあ、そのうちにわかるだろう。なぞを持っていることも、生きがいの一種だ。

横道にそれたが、問題の一ドル札。ふしぎだふしぎだとさわいでいたら、ある人が種明しをしてくれた。つまり、写真をその大きさに切り抜き、はりつけてあるのである。盲点を巧みに突かれた気分。

手の切れるような新しい紙幣。指でさわるのも、手かげんしてしまう。顔の部分となると、なおさらだ。そうと知ってさわりなおしたが、きわめて薄い写真で、はりかたもうまく、他の部分の印刷による凹凸と大差ない。うまいことを考えたね。一枚ずつ、セルロイドのケースにはさんで売っている。

買った時、店の人に「現実にも通用しますよ」と言われ、まさかと思ったが、通用するわけだ。また、気やすく使うこともあるまい。ある人が政府と交渉し、公認のもとにやっているらしい。アイデア賞ものだ。

しかし、イギリス政府、女王の顔を使われて抗議をしないのだろうか。お遊びだよと、片づけられてしまうのかもしれない。となると、日系人の多いハワイでは無理だが、東部の州では天皇の顔の入った一ドル札が売られているかもしれない。ミフネのなんかは、あるいはよくさがしたら、あったかもしれない。

ひとつ日本でもとなっても、日本の紙幣は顔と他の部分の間にボカシがあって、うまくいきそうにない。また、法に触れる可能性もある。立候補者など、売名のためにやりかねないし。

話はアメリカの紙幣に戻るが、金額に関係なく大きさが同じで、迷わぬのだろうか。犯罪映画で、大量の札束があらわれ「わあ」と言いたくなることもあるが、一ドル札かもしれないのだ。麻薬の取引きの時など、一枚ずつ確かめなくていいのだろうか。おたがいの信用といっても、双方の子分にひとりでも、一ドル札まじりのとすりかえるやつがいたら、ことである。そういう不心得者は、いないことになっているのだろうか。

ハワイから帰ってしばらくしたら、西ドイツのジャパノロジストが来日し、何回か会うことになった。前から文通していた人で、空気中から窒素《ちっそ》を取り出す方法を実現したノーベル賞の学者、ユダヤ系ドイツ人のハーバー博士についての研究家である。私のいいかげんな英語で、ことはたりた。いざとなれば筆談。日本語をしゃべるのはたどたどしいが、読むことにかけては日本人以上。旧字、旧かなも平気である。中国の新略字体まで読める。北京からモスクワまで汽車の旅をしたとのこと。父方の祖父はなにをしてた人かと聞かれ、困って「村長」と書いたら、自分の父もそうだと言う。英語や独語では、なんなのか。

　最初に会った時に「おみやげです」と二枚の五マルクのコインをくれた。新しく、いずれも見たことのある顔が刻まれている。「こっちはゲーテ」と言われ、なるほどとなる。もう一枚については「カール・マルクス」だと。

　冗談じゃないよ、だ。一ドル札で、いいかげん驚かされているのだ。共産圏に接し、分断されている西ドイツではないか。

　そんな私に、彼はていねいに説明してくれた。これは記念コインです。日本ではオリンピックの時だけでしょうが、西ドイツでは何回も記念コインを出している。コレクターむけなのだが、現実に使おうとすれば、立派に通用するのだという。そして「マルクスはドイツ人なんですからね」とも。

　複雑微妙なヨーロッパ情勢を感じさせられた。マルクスのコインを出すことで、東側へのそれとなしの圧力を示す。そちらの崇拝する人は、ドイツ人であることをお忘れなくと。また、マルクスもユダヤ系の人。イスラエルや、アラブ系の社会主義国への配慮にもなってる。とにかく、いろいろと神経を使ってるんだなあ、である。なお、マルクス・コインの発行は'83年。ゲーテのはその前年。

ここに至っての思いつきでは、たいしたアイデアではないが、昭和の初期、日本の軍部が中国大陸で無茶をやりはじめていた時代。中国政府が孔子《こうし》、李白《りはく》、三蔵法師（玄奘《げんじょう》）、孔明《こうめい》などの顔の紙幣やコインを、大量に発行していたらどうだったろう。気まずくなって手びかえたかな。逆効果となっていただろうか。

歴史上での仮定はとめどがないので、これについてはほどほどにしておく。しかし、人間の顔ってものも、いろいろな使い方があるのですな。

歌について——ハワイ・その3

今回もハワイでの話。ぼやっとしてても仕方ないので、現地のツアー二つに参加した。一つはサンセット・クルーズ。船内ではショーも演じられ、過半数の日本人客のために「ここに幸《さち》あり」が歌われた。つぎに、マウイ島のSLによる観覧列車に乗ったら、黒人のガイドがここでも「ここに幸あり」を歌った。どうやら、ハワイでの日本語の歌となると、これしかないといった感じなのだ。

三十年も前の歌である。なぜなのだ。新婚カップルが多いからといっても、生まれる前にはやった歌ではないか。それに「君をたよりに私は生きる」じゃ、現代的とはいえない。船内でのフィリピン系の歌手たちも、三十歳以下のようだ。どうせ丸暗記なら、ほかの歌だっていいはずである。あるいはハワイの日系人にとって、なにかの事柄と結びついた、忘れがたい歌なのだろうか。日本語を知らぬ人に、覚えやすい歌なのだろうか。

べつに、この曲にけちをつけているわけではない。私の青春とつながっている。これを歌った大津美子《よしこ》は、なかなか好感の持てる少女だった。いまはどうしているのか。

ハワイのラジオには、日本語の局もあり、日本の事情を知らせている。音楽も、ヒット中の「もしも明日が」を流したりしていた。その気になれば、流行がわかるのに。

などと考えて、はたと気づいた。それなら、どんな歌ならいいのだ。アドバイスのしようがないのである。こんな国民は珍しいのではないだろうか。

テレビなどで見ていると、ドイツ人はビアホールで合唱をやっている。アメリカ人だって、集まれば歌う曲があるだろう。

他国で日本人の老若男女が一緒になり、そこで「なにか合唱を」とたのまれたら、どうすればいいのだ。同県人なら民謡というてもあるが、そううまくゆくとは限らない。「荒城《こうじょう》の月」のたぐいは、若い人は歌詞を知らぬのではないか。「青い山脈」など私は好きだが、これも古いと言われるだろう。

ここ十数年のヒット曲は「およげ！　たいやきくん」「女のみち」「黒ネコのタンゴ」

「恋の季節」などらしいが、世代をつなぐ役には立たぬ。さらに前の「ウルトラマン」や「お座敷小唄」や古賀メロディーでは、合唱むきではない。

しかし、日本にも戦前には共通の歌があったのだ。軍歌のたぐいである。出征兵士を送る時など、へたながらも、みなで声を合わせた。なつかしい。なにも私が好戦的なわけではない。少年期の思い出だからだ。

いったい、日本人ならだれでも知っているのはなんだろう。「君が代」は当然だが、酒を飲んで歌うものじゃない。元日、ひな祭、さくら、端午《たんご》の節句《せっく》などの歌はたぶん知ってるだろうが、季節はずれには困る。「軍艦マーチ」は、曲は知ってても、歌詞は知るまい。「蛍の光」や「雪山賛歌」は、もとは外国のものである。「さくらさくら」だけか。

こういう状態は、よくないのではなかろうか。とくに外国に対して。日本人なるものは、みな同質の生活習慣。その上、やっかいな日本語という壁があって、商品の売り込みの壁となっている。その日本人の集まりに、みなで一曲歌ってくれとたのんだら、なにも出てこない。どこまで怪しげな国民かと、思われかねない。

好ましくないことは、たしかだ。といって、どうしたらいいかとなると、名案はない。戦前、ラジオはＮＨＫだけで、国民歌謡なる一連の歌があり「椰子《やし》の実《み》」など名曲と思うが、現在ではその方法も無理だろう。現在のＮＨＫＴＶの「みんなの歌」は、ほとんどの人が知らないだろう。

まあ、各人各様、好みの多様化というのは民主的社会のあらわれなんだろうが、だれもが一緒に歌えるのがいくつかあってもいいだろう。世代の断絶が埋まり、社会的な連帯感もでき、非行も少しはへるだろう。外国からの不信だって薄められる。しかるに実情は、現れては去る流行のみ。なんとかならんものだろうか。

好奇心ルーム

ブーム

いずれ終ろうが、空海ブームである。彼に関する本で、ぶあついのや、何巻ものが、何種も書店に並んでいる。こうなると、なにも知らぬと落ち着かない。私も気の小さい、一般大衆と同じなのである。

うまいことに、映画「空海」が製作上映された。入場料を払って、それを見た。三時間。映画の出来は別として、空海さんがどんな人生をすごしたのか、ほぼわかった。遣唐使の船に留学僧として乗り込み、嵐にあうシーンは、印象的である。しかし、なぜ、あんな危険な旅をと、あとで気になった。私は一般大衆と、少しだけちがうのだ。

だって、海を渡らなければ、中国へ行けないじゃないか、と言いたい人も多いだろう。ごもっとも。でも、はるか昔、邪馬台国を訪れに、むこうから来た人がいたんだぜ。半島ぞいなら、安全航路である。

気になるよなあ。見せ場づくりのために遠まわりをし、はるか南部にたどりつき、長い陸の旅とはね。そこで、つい百科事典をひいてしまった。好奇心というものは、内心でもてあそんでいるのが楽しいのだが、百科事典はそれを安易に解消してしまう。

奈良・平安の時代、中国大陸では新興の唐帝国が、国家制度でも、文化でも、空前の繁栄を誇っていた。都の長安は、西へのシルクロードの起点でもある。唐を訪れることは、文化の摂取であり、また近隣の諸国にとっては、外交的な儀礼でもあった。初期の遣唐使は半島ぞいに航行していたのだが、日本が白村江（錦江）の戦いで敗れ、新羅《しらぎ》が半島の支配者となると、南よりの海を進まざるをえなくなった。

そういうことかと、一応なっとく。しかし、ねえ、東アジアの大実力者、唐へあいさつに行く船ぐらい、お目こぼしにしてくれてもいいだろうに。唐だって、見のがしてやれとの書類ぐらいくれてもいいだろうに。

半島南西部に出兵した日本軍が、白村江で大敗し、逃げかえったことは知っている。もっとも、戦後になってからの知識であり、くわしくは知らない。またも百科事典をひいてしまった。驚いたね。日本軍をやっつけたのは、新羅ではなく、なんと唐の水軍百七十隻なのである。六六三年のこと。

どうなってるんだ。遣唐使の出発表をみると、六五九年、六六五年、六六九年に、それぞれ出かけている。これだけ見ていると、両国の戦いなど、無関係である。アメリカの実力を知りながら戦争をしかけ、たちまち負け、今後よろしくご指導をの、前例なのか。わけがわからん。空海の出かけたのは、八〇四年とかなりあとだが。

ぶあつい空海の本を買って読んだはいいが、それへの説明がなかったとしたら、がっかりだ。

まあ、ゆっくり待つとしよう。

想像力と好奇心とは、どこかで関連しているようだ。好奇心は受け身だが、この感覚がないと、想像力も伸びない。この関連性もまた、好奇心の対象となりうる。

＊

このブームは去ってかなりになるが、ルービック・キューブなるものがあった。ためしにと買っていじったが、一面をそろえられただけで、あとはだめ。私の頭は、これに関しては劣等生である。

その後遺症はいまも残っていて、風呂場のタイルなどを見ると、あれを思い出し、内部構造はどうなっているのかと考えてしまう。現物を手にし、いじってみても、見当がつかない。あの遊戯器具の発明者、アイデアもすごいが、製品化に成功した点は、さらに偉大である。

あれをガスの火にかけ、周囲から燃やしてみたら「ああ、こうだったのか」と、判明するはずである。うちには二個あり、そのひとつを燃やすぐらい、惜しくもなんともない。しかし、やったら想像も終り。一辺が三個のでもこれだけ迷うのだ。四個のとなると、私には神秘的ですらある。

＊

話は変るが、殻《から》つきだと落花生だが、それから出すと南京豆で、その薄皮をとるとピーナッツである。変なものだね。ブラジルの原産であり、中国人が特に好きというわけでもないのに、なんで南京豆なのだ。日本での本格的な栽培は明治以後で、エキゾチックで小さいということから、そう呼んだのだろう。南京玉のように。

そのピーナッツに至る製造工程が、どうなっているのか。これも空想すると、なかなか面白い。すぐ答えがわかるようでは、頭の体操にはならんのだ。

むかし聞いたことはあるのだが、忘れてしまったのが、ミカンの缶詰めの製造法。外皮と袋の皮とを、どう取り除くかである。

そりゃあ、調べる気になれば、簡単なことだ。この本をお読みの業者のかた、わざわざご教示いただかなくて、けっこうです。私は楽しんでいるのだ。どれも、かなりの場所の要る設備なんだろうな。そして、収穫期以外の時は、どう利用しているのか、など……。

教える一瞬は快感でしょうが、そのかわり、お仕事の神秘性を失いますよ。ボーモントの短編「魔術師」を思い出す。老奇術師が旅先で子供らにせがまれ、いくつかの種明かしをしてしまう。とたんに尊敬の目つきが消え、しらけた空気だけが残るのだ。読みなおしたが、やはり名作である。

浅倉久志さん訳編の『ユーモア・スケッチ傑作選』という本がある。そのなかで、ベンチリーという人が、橋はどうやってかけるのだろう、まずどこからはじめるかなど、ふしぎな一文を書いている。橋についての専門書より、ずっと面白いと思う。

遣唐使に関しては不充分とはいえ、百科事典には、いろいろなことがのっている。しかし、好奇心のない人にとっては、なんの価値もないものだろう。情報化社会だ、コンピューターだといっても、無関心人間ばかりだったら、どうってこともない。

かつて岩波から出ている大判の『カテドラル』という訳書を読んだ。中世ヨーロッパの大教会が、いかにして建設されたかを、きれいな絵とともに説明してある。窓や入口がなぜアーチ形かもわかり、何回もうなずかされた。なるほど、そうかだ。

しかし、あいにくと私は、さらに好奇心の強い読者。たしかに、建物の作り方はわかった。しかし、内部での音楽が美しく微妙に反響するためには、どんな方法が用いられたのか。それ専門の設計者がいたのか、簡単な手直しでよくなるものなのか、作ってはこわしの試行錯誤の結果なのか、まったく触れていないのだ。読後に新しいなぞが残った。すべてを知ろうというのは、きりのないことなのだろうか。あるいは、割り切らないほうが読者のためなのか。

中国文化

以前から、中国語なるものが、ふしぎでならない。これは、少しぐらいの学習では、判明しないだろう。

字の読めぬ中国人が、会話をしている。そこに学のある人がいあわせて、話をメモしたとする。それはすべて、漢字ばかりのものなのだ。そのことを考えると、妙な気分になる。ならぬ人は、それでよろしい。

漢字の発生は象形文字だが、正しくは表意文字と表語文字だと、百科事典にある。「日」は「⊙」の変化で表意であるが「鯨」は表語の字なのだ。

漢字の出現は四千年も昔らしいが、その時すでに、住民たちは会話をしていたはずである。漢字の出来る以前は、どんな思考の上に会話をしていたのだろう。想像できぬ。方言に分化する前なら、表語の字は、もっと簡単でよかったはずだ。表音的なハングル文字、日本のかな。そんなのを作る感覚がなかったのだろうか。

子供のころに絵本で、漢字の発見の光景を見た。老人が杖《つえ》で地面に字を書き、人びとが驚いているのである。いま考えるとでたらめだが、いやに印象的だった。

いつごろからか不明だが、日本語では会話の末尾に「ね」をつける。中国語だと、こんなふうな新しい用語が生れると、ことなのだ。簡単な字はすでに使われているため、やけにむずかしい新字を作ることになる。

筆記具メーカー、ゼブラの社長の新説だが、中国人は、紙や筆を早い時期に発明してしまった。だから、複雑な漢字を作ったのではないか。

なるほど、だ。石や粘土板では、そうはいかないものな。現代の中国では、新略字体が使われている。簡略ではあるが、漢字であることに変りはない。

中国文明の本質は、漢字にあると思う。それをさかのぼると雲をつかむようになってしまうのだから、やっかいだ。このなぞは、ずっと楽しめそうだ。

＊

先日、テレビで、日本人と肩こりの関連の番組をやっていた。肩こりは日本人に特有で、欧米語にはない。なにかで読み、私も時たま話題にしたことがあった。

出席者のひとりは、日本人は肩を意識するからと話していた。期待を双肩に、比肩するなどと言う。肩をいからす。肩を持つ。肩を入れるなどとも言う。肩たたきなんて、妙な造語も定着した。いろいろあるのだ。

カタイジ、カタクナ、カタクルシイ、カタナシ、カタムキ、カタヨリなども同類にしてしまっている人もいよう。表語文字なしだからだ。かくして、なにもかもカタにのしかかってくる。

テレビでは明快な結論に至らなかったが、つまりは、ストレスへの反応が、日本人だと肩に現われるということらしい。それなら、英語国民の場合はどうなのだ。ハート、つまり心臓の症状が多いのかな。

外部からの有形無形の刺激が生体に加わると、反応の変化をひき起す。セリエ博士の画期的な学説である。

アイデアのある短編を休んでみて、私は、ああ、あれがストレス現象かと、あらためて実感している。かつて消化器系がおかしくなり、ついには筆記具が持てぬなんてことになったこともある。締切り、アイデアへの努力は、無形の圧力である。私はとくに肩を意識せぬ性格なのか、それが手と指に出た。いまならワープロがあるわけだが、べつな形の変な症状が出るのではないか。心身が、休養を求めていたのだ。

ストレス学説は、以後、あまり進展していない。体内になにか物質が形成されるのか、神経系を乱すのか、そのへん、ぜんぜん解明されていない。

医者に、私はよくこんなことを言う。

「ストレス学説だと、騒音がつづくと、体調を崩すみたいですね」

「ええ、外界からの刺激ですからね」

「なら、なぜ冷水摩擦は健康法なのです」

いじの悪い質問である。寒いということで、ほかの邪念が消えるのか。サウナはどうか、騒音も自分への大歓声ならどうかだ。要は快か不快かの差らしい。いいと思えば、どんな苦しい運動も、健康法なのだ。

そこで連想するのが、ハリ、キュウの療法である。キュウなんて、よく考えついた。

全治については断言できぬが、一時的に症状を押さえる作用は、たしかにある。私も体験した。このツボや経絡に興味を持ち、あれこれ本を読んだが、理屈めいたものは、なにひとつわかっていないのだ。遺伝子工学の世の中なのに。つくづく、人体の神秘を思い知らされる。

　せめて仮説でもと、私はずっと考えつづけなのだが、まだ思いつかない。なにか出れば、ベストセラー確実なのに。

　とにかく、中国何千年の伝統のこの療法で、日本人の肩こりがかなり救われている。わが家の近くにも、ハリ医は多い。

　そこで、さらに問題をこじらせるようだが、中国語には肩ひじを張るなんて表現が、とくに多いのか。中国人はストレス症状がどこに出るのか。そんなのがない国民性だとすると、ハリ療法はなぜ発達したかだ。

　ある種の日本語を、並べてみるか。

骨おり。骨身にしみる。骨っぷし。骨おしみ。気骨。骨やすみ。骨ぬき。

やい、日本人に骨の症状が多いか。

　まあまあ、少し待て。日常生活で骨を意識するのは、腰骨でだ。腰に痛みを感じる人は多い。人生は腰なんだ。いいかね。

　腰ぬけ。腰が低い。話の腰。腰くだけ。腰のすわり。腰ぎんちゃく……。

　もう、なにがなにやら、わからなくなる。ひとつ、肩や骨や腰など、そのもの以外の形容に使うのを、放送、印刷の禁止用語にしてみるか。国民の健康をむしばんでいるのだ。嫌煙権にならって、嫌肩権を主張する。

たぶん、賛同者は少ないだろうな。あるいは、肩こりはへるだろう。しかし、べつな形で症状があらわれるはずだ。それに対する好奇心は、大いにあるのだが。

＊

ビール会社のPR誌で対談をした時、不眠症だと話したら、あとでホップを一箱とどけてくれた。ある植物の、雌花にたまる黄色い粉。アヘンの採取みたいだが、ビールのほろにがさはそれによる。

枕に入れて使いなさいという。やってみると、いいにおいがする。世界に何人いるかと思うと、まんざらでもない。やわらかすぎるが、この枕の夜はよく眠れるようだ。そんな気がするだけなのかもしれない。そもそも不眠症だって、私がそう思い込んでいるだけかもしれないのだ。

わからないことだらけですな。

NZ

夏の暑い盛りに、ある人にレストランに案内された。なかなか高級な店だ。

「生ガキもあるそうですよ」

私にすすめて、当人はこわがって食べない。冒険心がなくて作家やってられるかと、注文した。冷凍でなく、貝殻つきである。

いかなる方法でと考え、これは南半球のニュージーランドあたりからの空輸だろうとの結論になった。日本は北緯約四〇度。NZは南緯四〇度。対称的である。

語呂《ごろ》あわせではないが、柿の栽培もはじめられたらしい。そのうち、秋ナス、マツタケ、サンマなどが、春の日本へと送られてくるかもしれない。

中学時代からの友人、越智《おち》君が日銀から国際金融情報センターの副理事長に移り、NZには行くことが多いとか。国名の由来が気になっていると言うと、まもなく資料が送られてきた。

白人では、オランダ人のタスマンがはじめて、この地を発見した。当時、オランダはインドネシアを支配し、彼は船長として本国とを往復していた。ある時、より南方の海域を調べようと西から東へ進み、まずタスマニアを発見した。のちに、彼の名にちなんで命名されたのだ。

さらに東に進み、NZに到達し、そこをスターテン・ラントと呼んだ。彼は同名の島のことを知っており、これはその島のつづきではないかと想像したわけ。

それがどこかというと、なんと南米の最南端、ティエラデルフィエゴ諸島のなかのひとつである。ムー大陸の夢か、南極大陸存在の予感か。雄大な話だね。

上陸はしたが、たいした産物もないため、航路を北にし、バタビヤ（ジャカルタ）へ帰ってしまった。つづいてオーストラリア北西部を調査し、この大陸にニュー・オランダと命名した。北西部は、お粗末な地方なのである。

全十八巻『世界伝記大事典』という、買ったままのものをはじめて使ったら、タスマンはのちに船長をやめ、商人となって財産を築いたと出ていた。国民性なのか個人的な性格なのか、実利主義の傾向があるようだ。

タスマンの発見後、二十数年。イギリスの探検家クックがNZの地に来て、ここが島であることを確認し、ニュー・サウスウエールズ島と命名した。

オランダの地理学会は、発見ならこっちが先だと、ニュー・ゼーランドと名をつけた。ノバ・ゼーランドとなっている本もある。しかし、両国とも領有し開発しようなどという計画は持たなかった。

ゼーランドはオランダの県名のひとつである。海ぞい、ベルギーとの国境のそばである。タスマンの出生地でもなく、なぜその名がえらばれたのかは、わからない。

やがて捕鯨業者やイギリスからの移住者が来はじめ、英国的な発音のニュージーランドとなった。現在は日本と友好を深めようと、英米仏のように漢字でよんでもらいたがり、〝乳国〟を提案したりしている。酪農も主産業のひとつなのだ。しかし、NZが定着しつつあり、それも悪くはないのではないか。日本で国名がローマ字二つで通用なんて、ほかにないよ。N偏にZの活字を作るか。横にしても通用する。

＊

スターテンという名に、聞きおぼえのある人もいるだろう。ニューヨークの南にある島の名である。なぜか私は行ったことがあるのだが、田園的な風土。ここに住み、フェリーでウォール街へ通勤なんて、かなりいい気分ではないかな。

そもそもニューヨークにしても、オランダからの植民者が作った町で、もとはニュー・アムステルダムという名だった。地名に深入りすると、世界史という大ジャンルに踏み込むのと同じで、きりがなくなる。好奇心にとどめておくのが賢明のようだ。

東京の銀座のそばが有楽町《ゆうらくちょう》。織田有楽斎《うらくさい》の屋敷があったためである。本名・長益《ながます》、信長の末の弟である。信長、秀吉、家康の三代を要領よく長生きした人物。小説にしたいと思ったこともあるが、調べはじめたら、えらいことになりそうだ。茶道の歴史がからんでくるし。

つい最近に知ったことだが、信長は酒の飲めぬ体質だったそうだ。

＊

なんの関連もなく、とつぜん思いついたことだが、カメレオンのように保護色という現象がある。擬態《ぎたい》という、チョウなど昆虫や魚で、そばの自然物そっくりになるのもある。みごとなものだ。

しかし、その天敵たちに、色彩判別能力があるのだろうか。雪の季節にウサギが白くなるのならわかるが、芸術的といえるほどの色の変化は、必要なのか。さほどの効果をあげていないとの説が有力である。

では、なんのためなのか。自己満足といっても、その生物も色の区別がつくのかどうか。将来の、嗅覚《きゅうかく》は劣るが目のすぐれた天敵の出現にそなえての、万全の準備ということなのか。となると、それは人間ということになり、あんまりいい気分じゃないね。

人間、そんなつもりはないといっても、いざ食料危機となると、みつけしだいに食いかねないしね。ああいう生物、料理したらうまいものかもしれない。

＊

食料危機の一因に、砂漠の増大がある。水の問題でもある。水なら、海水が大量にあるのだから、それで育つ植物を作り出せば、緑化の役に立つのではないか。

冗談じゃない、むりだと言いたい人もいよう。しかし、生命の発生も進化も、まず海中で進行した。海草類はそもそも、陸上植物の先祖である。

海浜に生育している陸上植物、干潮時に平気な海草。そのあたりから、なにかうまれないものか。

その分野についての知識は、自分でも悲しくなるほどだが、遺伝子工学は進歩しているのではないのか。トマトでポテトの、ポマトなる新種も出来たらしい。淡水で生れて海で成長する魚もある。鯨《くじら》だって、哺乳類《ほにゅうるい》だ。昔だったら、一編のSFが書けたね。うまく新植物ができ、海岸地帯から森林地帯をふやしてゆく。しかし、そのうちイソギンチャク的な能力があらわれ、人間を襲う。二流あつかいされるだろうが、映画むきの話だ。

いまではだめか。構成に新手法を使えば、書けないこともない。しかし、科学がいつ現実化するかわからないからな。長編を書きあげ、テレビをつけたら、ニュースのアナウンサーが冷静な口調で、そんな植物の出現をしゃべっていないとも限らないのだ。それを考えたら……。

動植物

前回、海水で育つ樹木を作れたらと書いたが、現実に存在するんだね。新聞で向後元彦さんという学者の「マングローブ林を救え」という文を読んだ。人間により、消滅傾向をたどらされている。生態系が乱れるので、国連も対策を考えているという。

淡水でも育つ。雨や陸地からの淡水も、いくらか必要とするようだ。とにかく、研究対象として重要とのこと。私は目にしているはずなのだが、頭に残っていなかった。

東南アジアにくわしい作家たちに聞くと、じめじめした土地にしてしまうとか、いや、そういう所に生育するのだとか言う。切って、整地したい気分にさせるものらしい。どうも、うまくいかないものですなあ。ネクラ植物め。なんとか品種改良できぬものか。

＊

オーストラリアでユーカリの木を見たが、面白くもおかしくもない印象だった。あれが切られずに残っているのは、まさに、コアラのおかげ。共存共栄とは、このことだね。ユーカリは生長が早いので、砂漠の緑化に利用される。人手による水で、とりあえず地表にかげを作ってくれ、水分の蒸発を押さえる役をしてくれるのだ。しかし、ユーカリの林を作ると、土地にいい影響を与えないという。緑化が軌道に乗ると、お払い箱にされるらしい。コアラがいなけりゃ、つまらぬ木なのだ。

＊

妙な組合せといえば、ネコとマタタビである。ずいぶん前、もらったマタタビを庭に置いたら、近所のネコが集ってきた。

ネコをペットにしたのは、アフリカのナイル上流の住民が最初で、それがエジプト文化を経由し、世界にひろまったのだそうだ。寒がりだから、温かい地方が適してるらしい。

一方、マタタビのほうは、日本とその周辺に限って育つ落葉樹である。寒いほうがいいのだ。その二つが、なぜ劇的に関連しているのか、自然界の神秘である。

ヤマネコという野生のがありながら、ひろまったのはアフリカ原産の種類らしい。ペット的な性質をそなえた突然変異を、だれかがみつけたのだろう。とにかく、コネコというものは、無条件にかわいい。

ネコが中国、そして日本へどう運ばれたのかは不明とのこと。シルクロードでか、沿岸づたいの舟によってかも。

舟といえば大航海時代、船内のネズミ退治に、ネコを乗せたかどうか、私は知らない。映画なんかで、船内のネコのシーンは記憶にない。につかわしくないね。船酔いしやすいのだろうか。しかし、金持ちの婦人など、ネコを連れ込んだのだろうな。

世の中、ネコとなると熱狂的にくわしい人がいるようだ。そのうち、だれかが延々と話してくれるだろう。話す人も楽しいだろうし、こっちも利口になるというものだ。

まったく、ネコとマタタビは、ふしぎなつながりである。人間と麻薬の関係とは、まるでちがう。モルヒネ中毒の人でさえ、ケシの実を見て、思わずすり寄ることはしない。ウナギ屋のにおいも、他国の人では、なんとも感じないだろう。

もし、人間にマタタビ的な作用を持つにおいが発見されたら……。

SFの題材になる。しかし、これはという作品は思い出せぬ。人をひきよせるのは、黄金ぐらいか。夢がないね。

ネコ好き、イヌ好きとあるようだが、哺乳《ほにゅう》類の幼いのは、みなかわいい。人間の場合、マタタビ的なものがあるとしたら、このたぐいかもしれない。

とくに日本ではそうだ。パンダやコアラへの関心は、ただごとではない。大金をかけすぎるとの声もあるが、追い返せとの説が支持されるわけがない。つまり、生活に余裕があるからだろう。

＊

そこでだが、イヌやネコの幼年期を、大はばに長くする研究をやってみたらどうだろう。じゃれる期間を、数年間に引きのばすのである。その薬をエサにまぜてやる。

これまでは、家畜用にそんなのは意味がないから作らなかっただけで、その気になれば、簡単に開発できるのではないか。

私はイヌもネコも飼う気はないが、じゃれつづけだったら、話はべつだ。だれでもそうではなかろうか。ライオンやクマだって、ペットにできるのだ。それじゃ、いくらなんでもあきると言う人もあろう。その時は、薬をまぜなければいいのだ。しかし、はたして、あきるものだろうか。

たぶん、どこかで製作されているだろうから、パンダの出ずっぱりのビデオを買ってきて、眺めてみるか。普通の映画よりは、くりかえして楽しめるだろう。何回ぐらいで、あきるだろうか。そして、そのあとはどんな気分だろうか。もうパンダはうんざりとなるだろうか。そうでなく、中毒になったら、えらいことだ。一日中、パンダのテレビを見つづけなんて、異様だね。

幼児期延長剤なんて、たわいない話。といっても、げんにいまの人間、とくに日本人だが、いつまでたっても子供である。ある投書欄で、いまのおとなはよくないとの、筋の通った批判を読んだ。しかし、文末のカッコのなかの、二十七歳を見て、驚いた。

十年ほど前だったか、やはり同様な投書を読み、二十四歳と知って首をかしげたことがあった。私の少ない見聞をもとにすれば、三年はのびたことになる。

あと十年もしたら、三十歳で「おとなはけしからん」の投書をする人が出ることになる。すでに、そうなってるのかもしれぬ。私のような年代の者には、実感できない。

とりあえず、成人式は二十五歳にし、選挙権もそこまで引き上げたら、実情に合うのではないか。選挙区の定員格差と同じくらい、議論の価値はあるのではなかろうか。

もしかしたら、CIA、KGB、あるいは他星人によって、われわれの食物にそれが入れられているのかもしれない。

＊

テレビで時どき、熱気球を見る。そのたびに、布が燃える事故が起らないものだと、気になる。もちろん、そのための防止のしくみは万全で、乗ったことのある人に聞けば、すぐ教えてくれるだろう。

しかし、十八世紀のなかごろ、フランス人のモンゴルフィエが、はじめて熱気球を飛ばした時、その安全対策はどんなぐあいにやったのだろう。あれこれ試みたはずだ。ここをすぐ教えてくれる人は、あまりいないのではないか。気球史を調べたくなるな。

カカシ

先日、クラス会があった。昭和二十三年の農芸化学の卒業である。楽しいひとときだった。そろそろ定年の人もいる。年だね。

ある友人が「ねこヨラズ」という製品を開発したと、ひと箱くれた。安眠妨害、庭荒し、金魚とられなどにお悩みのかたのための品。ネコを追い払うかおりをはなつ。早くいえば、マタタビの逆というわけだ。

当人はむしろネコ好きで、ユズのにおいにその作用のあるのを利用し、製品としたという。ネーミングがユーモラスで、ネコに有害でもない。しかし、売れ行きの予想がつかないと、考え込んでいる。

むずかしい点だね。ネコで迷惑している人にとっては、なんで金を払ってと思うだろう。半永久的なききめではないらしい。好ましからぬ手段に訴えるほうを選ぶ人が、出ないとも限らない。

ある薬品会社の友人は「うちではハトよけの品を出している」と言う。ハトがとまろうとすると、足にいやな感じを与えるらしい。効果的かもしれない。やろうにも、棒でハトをひっぱたけないしね。

そこでなのだが、こんなことを書くと、すぐに品物が出現し、困ったことになるのではと、書くのがためらわれる。しかし、人間というものは、いつかだれかが考えつく。それならここに書いて、普及前に、それへの心がまえを作っておいたほうがいいともいえる。だいぶ、もったいをつけたな。

ヒントは、水道の蛇口のオモチャである。ちょっと見ると本物だが、軽くて、うしろの部分にゴムの吸盤がついている。それを、テレビとか、ピアノとか、すりガラスとかにとりつけると、妙な気分を味わえる。

これを、一歩だけ進めてみる。テレビの監視カメラらしい外見のものを、作るのである。銀行やスーパー、大豪邸などにはそなえつけてある。どうにもいやらしいものだが、自分がとなると、話は変ってくる。

建前ではなくなったはずなのに、新聞の勧誘員なんてのが、時たまやってくる。なんとか募金なんてのは、まあ信用しないほうが賢明である。占いも来る。消火器の販売という原始的なのにひっかかる人も、まだいるらしい。

そういう連中も、手のとどかない所にテレビカメラを目にしたら、あまり強引なことはしなくなるのではないか。〝押売りヨラズ〟だ。なお、この「……ヨラズ」は登録してあるそうで、商品名に使うのはご注意下さい。

しかし、こんなのがはやったら、どうなるだろう。立ち小便をされて困る場所に、この品を気づくようにとりつけたら、被害はへるにちがいない。

有用ではあるが、あたりかまわずとなるとね。内部はからっぽの、カカシ同様と思おうとしても、そうという保証はないのだ。棒でこわそうとしたら、本物だとそれがビデオにとられ、器物損壊で訴えられないとも限らない。

暴力犯の防止にはなろうが、人目をしのぶ仲の二人は、ノイローゼになりかねない。世の中、かなり変るのではなかろうか。

モデルガンには、なんらかの規制があるらしい。一見して、本物でないとわかるようでなくてはいかんのだろう。へたに持ち歩くと、昨今では本人のためにもならぬ。外国の元首の通行をのぞきにいって、ふとポケットから出したりしたら、一巻の終りになりかねない。類似品とは、やっかいなものだ。

かなり前に、私は「見物の人」という短編を書いた。チャンネルがむやみとふえ、公共の場所なら、ほとんどを眺められる社会となった時代のことである。ひとつの、ひまつぶしになるだろうとの発想で。

しかし、見られる側となると、どんなものなのだろう。最初はとまどっても、意外に早く適応してしまうかもしれない。

＊

話は変るが、世界地図でスエズのあたりを見るたびに、気になる。ほんのわずかな幅で、大陸がつながっているのだ。

ここに運河が完成したのは、一八六九年。明治維新で首都が東京に移された年である。昔といえるが、エジプト文明の古さを考えたら、まあ、つい最近のことなのだ。長崎へ出入りしたオランダ船も、南アフリカ回りという、大変な手間をかけていた。

運河となると、ある程度の技術の進歩を要するが、せめて、道ぐらい作ろうと、だれも考えなかったのだろうか。

紅海を進んで、荷物を陸あげし、そこからラクダ車で運び、地中海でまた船に積む。運送費用は、かなり安くなったはずである。

シルクロード時代、東西交易はなされていたが、そう大きな品は扱わなかった。大航海時代、主な品物は東洋の香辛料だったようで、陸上中継でもよかったはずだ。現代みたいに、タンカーで石油を運ぶようなことはなかった。

げんに、パナマ運河では、工事が容易ではないからと、とりあえず鉄道をしいた。スエズでそれをやらなかったのは、なぜなのか。きっと深いわけがあるのだろうな。話すと長くなるので省略され、知らなくてもどうってこともないので、だれもなんとも思わない。

そこで、たまには私のようなのが出る。

＊

私の亡父は『明治・父・アメリカ』にも書いたが、明治時代に米国で学んだ。欧米文明についても、一般の人よりは理解があったはずである。

第一次大戦のあと、ヨーロッパへ視察旅行に行った。戦争による悲惨さに、かなり驚いた。ドイツの学者たちへの寄付もした。その時に抱いた大疑問。印刷物に残っているし、私も幼時に聞かされたことがある。

「同じキリスト教の信者なのに、なぜ、ああも殺しあいをしたのだろうか」

ずっと考え、話題にし、楽しみ、頭の老化防止になったのではないか。最後にどうなっとくしたか、私には教えてくれなかったが。

＊

日本人のカソリック信者。それらに対し私たちの多くは、変り者なのかもしれないが、悪いことだけはしないだろうとの印象を持っている。なんとはなしに。

そのくせ、イタリア人はみな善良かとなると、だれもそう思ってはいない。アメリカの犯罪シンジケートは……。

まったく、宗教となると、問題はやっかいである。イラン・イラク戦争など、マスコミは、原因は複雑と、平然と報道している。情報時代なんていっても、たいして便利になったわけでも、そう利口になれたわけでもないらしい。そんな気分になっているだけ。

人体

ある新聞社から、アンケート用紙が送られてきた。臓器移植の問題をとりあげるので、その参考にしたいらしい。

まず「脳死で死と判定していいか」だ。で、YESに丸をつけたが、それでよかったかどうか。医学が発達すれば、脳死状態をもとに戻せるようにならないとも限らない。SFでいくつか作品にしたなあと思い、適当に書き込んで返送した。そのあとになって、いささか気になってならないこと。

そもそも、遺体なるものは、だれの所有なのかである。生きているあいだは、この肉体は自分のものと思い込んでいる。死んだら、臓器は適当にと言える。

しかし、死んだとたん、遺族の所有になるのではないか。生前の希望を遺言とみとめたらといっても、日本の法律では、全財産を特定の人にゆずれないことになっている。

火葬主義の遺族がひとりでもいたら、ことだ。

ひとり息子が交通事故死した時、老いた父が「その臓器の大部分は、わしがもらう」

と言ったら、反対はできない。

正直なところ、欲しい人は金にあかせてもで、好ましくはないが、入札制か。もらう順のリストなど、だれに作れる。少年時代、アインシュタインは劣等生だったのだぞ。

拒絶反応のない人を優先させたらと思うが、検査に時間がかかりそうだ。

この件、すっきりさせるのは、容易じゃないよ。それでいいのだろう。人間は、部品から成るロボットとはちがうのだ。最良の社会形態だって、各人各説。

＊

塩分は、からだによくないらしい。塩味が好きで長生きする人もある。統計的に、ひかえ目のほうがいいということ。人類はあまりに個人差が大きすぎる。ロボットとちがって、微妙なのだ。

たとえば、アルコールを受けつけない体質の人がいる。そういう人に、タバコをやめなさいとはいわない。統計的にストレスのほうがタバコより人体によくないことは、確実に思えるからだ。

嫌煙主義者も、酒ぎらいの人は例外的に扱うべきだ。一方、酒のだめな人も、あまり反嫌煙権を叫ばぬことだ。ストレスこそ悪。

しかし、そうはいっても、外見だけで酒だめ体質とわかるわけでなく、やっかいだ。社会の運営がむずかしいのは、これでもおわかりだろう。

酒もタバコもという人も、他人に迷惑をかけない限りは、それも自由。だがね、そのため病気になり、だれか臓器をゆずってくれでは、虫がよすぎるな。

＊

話はそれたが、塩分の話だった。ご存知のように、鯨は哺乳類《ほにゅうるい》である。それで、海水を飲んでいる。川の近くに来るとか、氷山をかじるとか、淡水を求めることはしないようだ。それに、あの肥満ぶり。

いくらアルキメデスの原理といっても、じっと波にただよっているのではない。心臓や血管の病気、痛風などにならないのだろうか。鯨はばかで、ストレスに平気なのか。百科事典によると、鯨は平均して八十歳の寿命だそうだ。うらやましいね。おかげで、鯨の項目を読んでしまった。

鯨の皮膚には、汗腺《かんせん》がないそうだ。塩分が汗となって出ることもない。図解を見ると、腎臓《じんぞう》がいやに大きい。それだけ、塩分処理能力も大きいというわけか。

塩分が人体によくないのは、ナトリウムとカリウムの比率の問題である。鯨は餌《え》のなにかから、カリウムを摂取しているのだろう。これがそうだと称して、健康食品を売り出してもうけるか。私はばかではないのだ。

＊

ところでアルキメデスだが、彼のバスタブへの入浴の図をよく見かけるけど、あの時代にそんなのがあったのか。

＊

もっとわかりやすい疑問にしよう。このあいだから気になっているのは、国際電話の夜間料金が、なぜ割引きになっているかだ。

当り前じゃないか。夜は利用者が少ないから、そのぶんサービスしている。まあ、ごもっとも。しかし、国内に限ってだが。

たとえば、ニューヨーク。日本では夜でも、そこは昼間なのだ。回線だって、こみあっているだろう。安料金に割り込まれたら、迷惑ではないのか。

どこかへ行って調べれば、なるほどという説明が得られるだろう。しかし「よけいなことを聞きやがって」と、ブラックリストに名が記入されるかもしれぬ。知らぬが仏なんて言葉は、このあたりから出てるのかも。

夏時間制を採用している欧米諸国では、夜間という時間帯も移動するのだろうな。北欧の白夜《びゃくや》の国ではどうなのだ。太陽がほとんど沈まぬ夏は、明るくても夜なのか。バカンスで大ぜいが南へ出かける真夏は、昼間も安くなってないのだろうか。

＊

それはともかく、健康ブームである。けっこうな時代だ。私もビタミンEなど、いくつか試みている。ひとつの流行だね。

しかし、なかには、どうなんだろうと思うのもある。名はあげぬが、ある種の体操、ある種の薬などで、酸素を体内により多くとり入れることにより、健康を向上させる方法。

深呼吸がいかんというのではない。大気が汚れていると言いはじめたら、きりがない。北の国の森林などすがすがしそうだが、酸性雨がどうのこうのとさわがれている。

人体をロウソクにたとえる人がいる。なるほど、酸素供給をふやせば、炎はより勢いよくなるだろう。しかしだ、そのかわり早く燃えつきてしまうことに、なりはせぬか。

営業妨害だなんて、さわがんで下さい。それへの説明ぐらい、どうにでもつく。似てはいるが、人体はロウソクとちがう。この場合は、栄養の吸収もよくなるので、燃焼以上の速度で、燃料の補給がなされるとか。

ひそかに私のところへ相談に来れば、効能文の手直しぐらい、してあげないこともない。これでもうけるか。へたくそな文章のに、お目にかかることがあるぜ。

呼吸の酸素比率を変えた場合、動物実験で寿命はどう変るかの実験はされていないのか。深夜料金を調べるおひまのあるかたには、この文献さがしのほうをお願いしたいね。

ぼやっと動かず、酸素も少量のほうが長く生きるとなると、人間、そっちを選ぶだろうか。またも、やっかいなテーマだ。

健康法とは、気の持ちようではないか。つまり「きくと思えよ、思えばきくよ」だ。食品も体操も薬も、自己暗示のきっかけ。たぶん「あなたは長生きする」と催眠術を定期的にかけてもらえば、好結果を示すのではなかろうか。会員制で開業するかな。無断で先にやったら、けちをつけてやるぞ。

＊

ガス

「にごり水のお知らせ」という印刷物が、よくまわってくる。どんな水道工事をやっているのだ。また、これはごくたまにだが、停電ということもある。そりゃあ、ものごとには故障がつきものだからな。

しかしである。都市ガスの供給の中断ということは、体験したことがない。ふしぎと思わぬ人が大部分だろうが、先日、東京ガスの人から、そのわけを聞いた。

主要ガスパイプは、その両端からガスが送り込まれているのである。流れているのではなく、つねに充満というのが的確のようだ。

供給をつづけながら、ある部分の修理が可能というわけだ。知らなかったね。

＊

相続税についてとなると、そっぽをむく人がいるかな。だけど、あなたの父親、意外に財産を築いてないとは限らないぞ。

配偶者への相続はかなり優遇されているらしいが、死者から財産をひきつぐと、税金をとられることになっている。

ことを簡単にするため、父ひとり息子ひとりで、父が死んだとする。父の不動産や預金などの合計に対し、ある額以上だと相続税がかかる。それを払えば、残りは晴れて息子の所有となる。当り前だ。

しかし、その父が生前、ある知人の事業のための借金の、保証人になっていたとする。バーのママのためとなると、話がずれるので、同性の知人の新事業の資金のためとしておく。

保証人となるからには、事業の将来性を見込んでだ。一時期はうまくゆくが、父の死後、そこの運営がおかしくなり、借金をかかえて倒産する。

借金が払えないのだから、保証人の息子へ請求がくる。知らんよと言っても、通用しない。やむをえず払ったとする。

つまり、相続した財産は、実質的に課税対象額より、少なかったことになる。税務署へ行って、納めすぎたから返却してくれと申し出ても、だめらしい。相続の時点では、損害が確定していなかったからだ。

理屈では、そのぶんを倒産した人に請求できる。しかし、現実に払えるわけがないし、破産宣告を受けていたら、法的にもどうしようもない。税務署の人との雑談で話題にしたが、はっきりした説明はなかった。

なんでこんな話を持ち出したかというと、昭和二十六年に父が死亡した時、似たようなことが起ったからである。

払わないわけにいかない。ぐずぐずしていたら、東京国税局へ扱いが移された。同情してくれ、何年かの分割で、完納時には延滞利子を免除してくれた。そのあいだにインフレが進み、かなり助かった。

現在でも、これと同じようなことが発生しているのではないか。まさかという大会社だって、倒産する時代だ。保証の責任は当人の死で終るとしたらと思うが、そうなると金を貸すほうがためらうだろうな。

名案は思いつかない。借金の保証人にならぬよう気をつけている。

＊

世界の結婚だって、さまざまだ。娘を三人持つと、家がつぶれるという国や民族があるらしい。結婚の時の持参金に、かなりの額を必要とするためだ。

その一方、ある国では、若い男で家が貧しくて独身のまま、という悲劇があるらしい。

結婚となると、相手の家に大金を払わなければならないので。

だれか国際的な結婚コンサルタント業をはじめたらと思うが、そう簡単にはいかないのだろうな。残念ながら、まだ世界は一家になっていないのだ。

＊

ツマヨウジの高級なのに、片側に木の皮の部分の残っているのがある。希少価値がかなりと思うが、特別に高いこともない。昔その製法を聞いたような気がするが、忘れてしまった。だから日本料理店などで、そのツマヨウジがデザートについていると、ありがたがり、ぜいたくな気分になる。

聞くは一時《いっとき》の恥、聞かぬはいつまでも感激の日々というわけだ。

＊

どうせすぐ過去のことになるのだろうが、アメリカが貿易赤字のため、日本に合板の輸入の自由化を要求してきた。いずれ、そうなるらしい。合板とは、ベニヤ板のこと。

新聞を見ていたら、こっちからも買えと、インドネシアとマレーシアが主張したとの記事があった。

しばらく前には、日本の企業が東南アジアの森林を破壊しているとの、批難めいたテレビ番組を見たような気がする。どうなってるんだ。合板は木から作るのではないのか。

石油の値下り、省エネ時代が終り、調理用の燃料にタキギや炭でなく、石油を使うようになったからかな。推察にすぎぬが、もっともらしいでしょう。マスコミが解説しないと、この話をみなが信じるぞ。

＊

まったく、思いつくままだが、あの田植えの機械、テレビのCMで見ると便利そのものだが、あとの期間は、ただしまっとくだけなのか。

全国を舞台に、田植え機のリースをしたらどうだろう。南と北では、時期が少しずつずれているのだ。使わぬ時の手入れもしてあげる。かなりむだが消えそうだが、メーカーから、よけいなことを言うなと文句が出るかな。

刈り入れ機のCMも見るが、あれは田植え機の部品をつけかえたものなのか。それだと、話がわかる。技術革新の時代だし。

もしかしたら、草とり、麦ふみの性能もそなえているのかもしれない。雪国では、雪上車にもなり、除雪にも使っているのだろう。いろいろはずせば、道なき道を走るバギー車として楽しめる。

一部は実現、研究中か。そもそも、日本の自動車産業は、そういうことで現在の隆盛に至ったのだ。

特別な部品をつければ、水脈、鉱脈、温泉などを探知してくれる。害虫やスズメは、ある種の音波で追い払ってくれる。救急箱をあけてとりつければ、人工呼吸を手伝ってくれる。万一の時には発電もするし、洪水の時にはボートがわりにもなる。

農機具、農業の現状についてなにも知らず、ただ頭に浮かぶのを書き並べているだけだ。無茶な空想と言われるかもしれぬが、私たちの身辺で、四十年前にはなかった物品のリストを作ったら、まさかという数になるはずである。

バカンス

あらためて考えてみると、どうもひっかかる。ヨーロッパの連中は、夏になると大挙して地中海ぞいのあたりに出かけ、長期滞在するらしい。バカンスである。フランス人にとくにその傾向が強いのか。

健康のため、太陽の光をたっぷりあびるのだとの説がある。たしかに、それは必要だろう。パリなど、市内は日本人観光客が目立つことになる。たえがたい暑さではない。

一方、パリの冬は、寒いし、いい気候とは思えない。そんな時期にバカンスをとり、エジプトあたりへ出かけるわけにはいかぬのか。そのほうが、効率的だろうに。

合理的なアメリカでは、寒い冬にフロリダへ出かける。そんな浮浪者を、映画でも時たま見る。西海岸では、余裕がある人はハワイに来る。ヨーロッパの人たちは、ただ風習として夏に休んでいるのか。

みんなが出かけるから自分もでは、なにが個人主義だ。日本人と同じじゃないか。

＊

四コマ漫画という形式は、日本で発生したものらしい。新聞にのることで、水準が高まった。起承転結が、日本人にぴったりだとの説もある。世代交代でどうなるかと心配だったが、週刊誌で若手が活躍している。しかし、日本人がその形式に、気づかぬうちにならされてしまったのかもしれない。

三コマとか五コマでは、うまく仕上がらないものなのか。序破急《じょはきゅう》という言葉もある。国語辞典によると、舞台や能の構成形式とある。日本人にむかないとも思えない。ワルツぎらいという人だって、あまりいない。

そんな漫画は成立しないのか。常識に組み込まれ、冒険をしたがらないのか。あえて手がけ、新しい面白さを作り、量産する人が出たら、私は尊敬するなあ。知られていないが、やってみて失敗した人ばかりだったりして。

＊

べつな話題。

日本からの提案らしいが、スペース・シャトル内、つまり無重力の状態で雪の結晶を作る実験がなされたらしい。そして、はっきりした結果は、出なかったらしい。しかし、なんでこんな無意味なことを、試みようとしたのだろう。わけがわからない。なにか変った形になるとでも考えてか。それは、なにかの役に立つのか。くわしく調べた上でないから、私も自信を持って書けないのだが、雪とはなんなのか。高空の水滴が、降下しながら凍って、結晶が育ってゆくのではないか。自由落下であれば、無重力と大差ないと呼んでいいはずだ。宇宙船内の場合と、少しはちがうがね。雪そのものが軽いし、空気の抵抗で落下の速さがおそい。文学的な形容はどうかと思うが、雪の立場になれば、無重力と同じ気分ではないか。

そこで結晶が成長するのなら、完全無重力とあまり違ったものになりそうにない。大金をかけてやるのなら、ほかになにかないものかね。

無重力で化学反応という実験もされたらしい。比重の差がなくなるのだから、これはなにかの意義も成果もあるだろう。科学は日進月歩。雪にこだわって、あくまで挑戦することもあるまい。

＊

百科事典で「ユキ」の項を読んだのだが、へたな文章で、まいった。あるいは、雪は難解なものなのか。視線はよそをむきたがり、そこに珍しいものを発見した。

コアラが中毒している「ユーカリ」の葉の成分、シオネールの化学構造式である。六角形の図ならありふれており、それがいくつ組み合わさろうが、五角形のがくっつこうが、いくら枝が出ようが、どうってことはない。

しかし、これは、ひとつの六角形だが、その内側で連絡しあっている。簡単だが、みごとな左右対称。大学で有機化学の講義を受けたが、こんなのは知らなかった。作家になってからは、その勉強もしないし。

驚いた。事情を知らぬ人には通じないから、書きうつすのはやめておく。しかし、コアラを見なおしたね。これも雪によっての、なにかの縁か。同じ六角形だし。

＊

このあいだ思いついたのだが、デジタル的アナログ表記というのはどうだろう。液晶面に、ソロバン玉として、数値が出るのである。足し算がやっとの私ではどうしようもないが、あるレベル以上の人にとっては、非常にわかりやすいのでは。

時たまテレビで、すごい暗算の天才を見る。あれは、頭のなかにソロバンを思い描き、それを動かして、一瞬のうちにやってのけるのだそうだ。

金銭を扱う機関の人は、ソロバンを使う。電卓を使えばいいのにと思うが、ソロバン塾にかよった人は、数への親近感を持っているのだろうな。ソロバンのできる人は、大きなまちがいを避けているのかもしれない。

となると、ソロバン玉表記は、数値の処理にふさわしいのではないか。なれたら、対応もすばやくなるだろう。といって、どんな装置の、どんな部分にとなると、私もすぐには答えられない。

＊

先日、SF仲間で、静岡県浜岡の原発を見学した。愛好者というわけではないが、炭鉱の事故のいたましさを思うと、目をつぶっていてはいけないのではないか。

帰りに、清水《しみず》港へ寄る。次郎長ファンだからではない、東海大学の付属の水族館も見ようというのだ。はじめて大西洋を渡った、コロンブスの船の、実物大の複製があった。よくこんなものでと感じる。小ぢんまりとしている。

水族館なるものは久しぶりで、いろいろと面白い。見たことのある人には、どうってこともないだろうが、タチウオばかりの水槽を横から見て、妙な気分になった。

普通の魚なら、横に長く水中を泳ぐし、時にはそのまま止まっている。ところがこれは、細長いのに、どれもこれも縦に立ったまま、じっとしているのだ。魚らしさがないね。

なんで、こんなふうに進化したのだ。しかし、こと生物に関してふしぎがりはじめると、きりがない。

立ち泳ぎだからタチウオかと思ったが、辞書をひくと太刀魚だった。刀が並んでいるように見えなくもない。

テレビのCMにとも考えるが、カメラを傾けてのスチール写真ぐらいの効果しかない。もっとすごい、特撮のがほかにいくらでもある。

しかし、この魚、無重力のなかだと、どうなるのだろう。それぞれ、勝手な方角をむいてということになるのかな。知りたいものですねえ。

お眼鏡

まことにおそれ多きことですが、と私の世代は書いてしまう。天皇のお眼鏡の度は、どうなのであろうか。お若いころからずっと、同じ眼鏡をお使いのように思えてならない。

もちろん、近視であろう。それはよろしいのだが、老眼のぐあいは、いかがなのであろうか。私は軽い近視で、しかも左右の度が少しちがっている。そのため老眼用眼鏡を使うのは普通よりおそかったが、五十七歳のある時期を境に、それなしでは活字が読めなくなった。

天皇のを拝察するに、老眼用とも、二重焦点とも、バリラックスとも思えない。なにかを観察なさる時、目をお近づけになる。老眼の度は、お進みではないようだ。

眼鏡をはずされた映像を公表し、イメージを乱すのは好ましくない。したがって、この疑問は、いつまでもそのままである。それでよろしいのではなかろうか。皇室は、多くのなぞに包まれているべきだと思う。

あなただって、自分のすべてを異性の友人たちに知られたくないでしょう。ミステリアスこそ、最大の魅力といえそうだ。

＊

ハワイに毒ヘビがいない。だから旅行客が押しかける。日本の沖縄県も、長寿者が多く、その点ではハワイ以上だろう。しかし、毒ヘビのいる島もあるのだ。

旅の本で読んだ気がするが、沖縄では島ひとつおきに、ヘビに適不適となっていると か。本当にそうとしたら、ふしぎである。たぶん、その原因究明にとりくんでいる学者がいるのだろうな。

ハワイの軍事基地能力を低下させようと、毒ヘビを持ち込もうとする、対立国のスパイ組織があったのではなかろうか。小説になるぞ。沖縄のヘビ学者がからみ、防備プロジェクト・チームがあったりして。

かつて、アメリカで地中海ミバエなる昆虫がふえて、オレンジの収穫がぐっとへったことがあった。日本では厳戒態勢をとったそうだが、持ち込もうとしたら、容易だったのではないか。やってみたが、だめだったが、実情だろう。

うちの娘がハワイから帰って荷物をあけたら、何匹ものゴキブリが出てきた。一流ホテルはべつとして、一般の家にはたくさんいるのである。小さなやつで、おぞましい印象のものではない。

しかし、ゴキブリはゴキブリ。これがわが家でふえたらと思うと、うんざりした。しかし、そうはならず、ぶじにすんだ。この種のゴキブリは、ハワイからお客の荷物にひそみ、機内にかくれ、毎日のように成田空港から日本に侵入しているのだろう。しかし、条件がよくなく、すべて滅亡。

そのうち、適応するのが出現し、各地にひろまったらどうなる。そして、マムシが日本からいなくなるかもしれないぞ。

オーストラリアで、ハエの多いのに驚いたことがある。そんなことは案内書にのってないのだ。牧場が多いので、仕方がないのかなと思った。それなのに、ブラジルにはほとんどいなかった。いろいろと微妙な差があるからなのだろうな。

＊

すぐ話をタバコに移すのはどうかと思うが、ここでは順不同なのだ。新聞記者には、タバコ好きが多いようだ。建前ではタバコの害をみとめなければならぬのだが、自分が吸っていてはね。だから、タバコ反対の記事の文となると、およそ気の抜けたものとなる。悪質な脱税に関してのにくらべ、十分の一の熱気もない。偏向報道だ。つまらん収《しゅう》賄《わい》より、山火事での損失が、はるかに大きい。

自分のことを伏せてではアンフェア。私は三十年間吸い、やめて約十年。一週間の完全な休みがあれば、やめられると思う。私は自由業のためそれができたが、会社づとめの人は、そこがむずかしく、同情する。ほかに、なにかいい方法があるかな。要は自制心だが、大変なことだ。

タバコをやめられればと思っている男性が、日本の中で一千万人を越えるのではないか。健康に悪いとの断定はまだらしいが、積極的にいいとの説はない。私は、ストレス解消の役割りはみとめていいと思うが、その主張はみかけぬ。そばに人がいたら、迷惑がおよぶからか。

それが、なぜやめられないのか。たぶん、その大部分は、奥さんが「やめてよ」とストレートに言うからにちがいない。まさに、芸がないとは、このことだ。かりに「あなたの長生きのために」と、つけ加えても。

タバコの悪いことは、当人のほうが痛切に知っているのだ。せめて本数でもへらしたいと、はかない努力を試みている。そこへ「やめてよ」では、人の気も知らないでと、反発したくなる。理屈でなく、感情が主となり、タバコを吸ってしまう。

嫌煙論者たちの文章も、作家の立場からみると、へたくそで無神経である。本当にやめさせたいのなら、一読してタバコのすすめのようで、あとになにかひっかかる書き方をすべきだ。

反論のしようのない、正義に酔ってるような文章ぐらい、つまらぬものはない。新聞の社説など、いい例だ。

夢のなかの自分って、現実よりかなり若いようですな。それに、夢のなかで鏡をのぞいたことがない。私だけがそうなのか、だれもそういうものなのか。

＊

フタつき

人間には、気づかずにすごしてきていることが、いろいろあるらしい。私の場合の例。フタつきの懐中時計を買った。両面にフタがついていて、手巻きで、なかの機械の動きがガラス越しに見える。

古いものではなく、新品である。私のような、時代に対してあまのじゃくな者を対象に作られたものだ。営業になるぐらいは、売れているというわけだろう。なにか、なつかしさがある。

時計店には、振り子時計を売っている。それがクォーツ製なのだから、振り子はなんなのだと考えてしまう。クォーツによって、正確に左右に振れているというわけか。変に思うのは、私の頭が古いせいか。

懐中時計なるものは、子供のころ祖父が持っていたので、なじみ深い。もっとも、フタつきではなかった。そして、竜頭《りゅうず》の下が十二時だった。竜頭のまわりの輪に鎖をつけ、ポケットに入れて、出して眺める。お医者や駅長など、さまになったものだ。

フタつきのもの、買って半年ほどしてだが、寝る前にしげしげ見て、はたと気がついた。十二時の印が、竜頭の下から九十度ずれている。つまり、腕時計と同じなのだ。ローマ数字の表記が小さかったのと、思い込みが固定化していたためだ。

それまでは、三時のところで針を重ね、十二時のつもりでいた。かすかにずれていたわけだが、飾りのような気分でいたのだ。

そんなこともあり、時計店の前を通ると、ショーウィンドウをのぞくようになった。たまに、フタつきの懐中時計をみかける。竜頭の下が三時である。フタなしのは、そこが十二時なのだ。

なぜそうなのかは、すぐにわかった。枕もとに立てる時、フタをあけて横にすると、安定がいいのだ。竜頭を上にフタを開いて置こうとすると、うまくいかない。

商店街の昔からの時計店、あまりもうかっていないみたいだ。なにかいい製品を扱わせてあげたいものだ。

＊

このあいだ、ある出版社の人が家に来た時に、してくれた話。

来年用のカレンダー製作の件。あるデザイナー、月めくりので、日曜を右側に移したらと思いついた。左側である必然性はないし、土日が休みの企業もふえてきた。名案と思っただろうな。周囲も、面白いとの意見。そこで進行してみたが、試作品を見ると、どうもしっくりしない。ついに、普通の形のに戻したという。

私も見たかった。よほど気の抜けたものだったのだろう。長くつづいた形式を変えるには、かなり慎重でなければならない。雑誌で目次のページの形をいじると、たいてい売れ行きががた落ちする。

カレンダーを各方面からいただくことになろうが、結局、使うのは昔からのタイプなのだ。ひとつぐらい、日曜を右にしたのが来るかな。思いつきとは、重なりやすいから。しかし、だれも使わないだろうな。

土日に休まない人だって、たくさんいるのだ。それに私たちは、日曜には過ぎたいやなことを忘れ、新しい開始の日という気分があるのではないか。キリスト教文明が、かなり浸透しているというわけ。太陽からはじまるのが、やはり自然だ。

＊

経済学をやった人には簡単なことなのだろうが、私にはインフレなる現象が、よくわからない。たしかに物価は上っている。初任給もあがっている。原稿料も、ほかより率は低いが、値上りしている。

しかるに、一ドル紙幣を入手するのはどうか。三百六十円の時代が長くつづいたが、いまはずっと安くてすむ。

昔話になるが、円を切り上げた時、多くの新聞は「なんたる無策」と政府批判をした。手持ち外貨の価値が低下したのだから、それに限っては損失である。日経新聞だったと思うが、私が記者に「円の切り下げより、ずっといいのでは」と聞いたら「それはそうですよ」だった。日本の総資産の価値は、ぐんと高まったのだ。しろうとにもわかる。

しかし、そんな説を見なかったとなると、新聞に書く経済学者は、たいした人ではないのかもしれない。物価のなんとかで当選した都知事は、大赤字を出した。

ドル、そのほかの関係でみると、円はまあ安定している。世界各国でそれぞれインフレが進んでいるからだろう。そこで考えるのだが、そんななかでの金《きん》の価格はどうなるのかだ。戦争などの条件は除くことにする。

一定量を円で買うとなると、インフレだから、しだいに額がふえてゆくことになる。しかし、産金国やほかの国でのインフレの進行がもっと大きいとなると、安く買えることになるのだろうか。どうなんだろう。相対性原理の本を読んでるようだね。

そんな時に、口のうまいやつが来て、もっともらしい説明をされたら、悪徳商法にひっかかったかもしれないな。知能指数の高い人ほど、だまされやすいようだぞ。

＊

アルゼンチンには行ってないが、報道によると、驚異的なインフレらしい。紙幣のゼロの数もすごいそうだ。その一方、日常の満足度となると、日本などをはるかに抜いて世界一とのこと。肉をはじめ食料があり余っていると、インフレでも面白がっていられるのだろうか。くわしく知りたいものだ。

紙幣のゼロがふえつづけとなると、いっそ、表示を十の何乗でやったらどうだろう。生活に関連しているので、なれる以外にない。思考方法に、変化が起るのではないだろうか。

私はデノミ賛成論者だが、わが国ではなかなか実現しそうにない。気がついたのだが、漢字のせいではなかろうか。一〇〇〇〇円札の表示が「壱万円」の三文字である。ローマ字の国から来た人は、両替してふしぎがるのではないか。神秘の国と。

国家予算関係の記事を新聞で見て、兆の字などなれっこだが、これらをすべて数字で表記したら、異常事態と感じるのでは。

＊

またも日経新聞でだが、先日の社会面に、古紙のストックがふえすぎ、チリ紙交換はしばらく中止に近いものになろうとのっていた。それに出すのは、各家庭で新聞紙が圧倒的に多いのだから、なんとなくおかしな気分になった。ほかの新聞には、のったのかどうか。勧誘員だけは、あい変らずうろついているらしいが。

世界のトイレットペーパーの研究をした人の随筆で読んだが、それに新聞紙を使っている国があり、それ以下の国も多いとか。それならと思うが、なにか事情があるのだろうな。口への救援は親切だが、尻のほうはほっとくほうがいいのか。

文字

一泊旅行で福島県へ、亡父の法事に行ってきた。小さな宴会があり、その庭に盆栽がたくさんあった。親類で会計事務所をやっている人が、指さして言った。

「これは、二十年がかりですよ」

「すると、減価償却がすんでますね」

相手に応じて、冗談も変る。しかし、どうなのか。しろうとが買って、飾りにする。手入れもせず、枯れなかった場合、何年かで資産価値はゼロになるのではないか。

ある種族は、結婚の時に金銭がわりとして、家畜のやりとりをするらしい。オスメスの比率など、評価のベテランがいるのかな。

＊

中国からの残留孤児。その帰国のようすをテレビで見ると、胸が痛む。過去が気の毒であり、帰国しての今後も気の毒である。まず日本語の習得において。五十音の字は、丸暗記しかない。「ま」と「ほ」は無関連なのだ。統一性がなにもない。あいうえお、カキクケコ。ローマ字圏の人なら、その表記を並べ、心おぼえに役立せるだろう。韓国の文字は合理的な発音表記だし、タイ文字も、ヘブライ文字も、アラビア文字も、発音表記である。私は昔、中学時代に発音記号をおぼえさせられたが、ローマ字がらみのものだった。

となると、仮名に漢字を振るのだろうか。北京ではタクシーに的士とあった。コーラは可楽だ。やっかいなのは、漢字の訓読みではないかな。漢字に、さらに漢字での発音のルビをつける。地区によって、漢字の発音もちがうらしいし、さぞ大変だろう。心配のしすぎだろうか。

＊

先日、洛山陽一という若い学者の、南米旅行記を読んだ。そのなかに、日系の老人に話しかけられ「いまの日本は、若造でもここへ遊びに来られるのか」と、からまれかけたとあった。成功しなかった人には、屈折した思いがある。そうかもしれぬな。知らなかったのかと、怒られるかもしれない。しかし、昭和二十二年ごろ、私は某大学の夜間のスペイン語講座へかよったことがある。その時、ひとりが「親類をたよって、南米へ移住する」と言うのを聞き、私を含めてみな、いいなあどころか、心底から嫉妬《しっと》した。その思いが、いまもつづいていると気づき、いささか驚いた。〝戦後〟も語りつがれていない。そのころ、栄養不足で結核で死んだ友人たちの顔と、帰国孤児の画面が重なると、まさに複雑な気分だ。こんな話をするとは、私もとしだね。

＊

映画を語るのは苦手だが「真昼の決闘」というのがあった。クーパー主演。単純な話だが、主題歌「ハイ・ヌーン」はよかった。ハミングも苦手だが、この「ハイ・ヌーン」をやると、いつも途中から「夜来香《イエライシャン》」になってしまう。なぜかな。

ただの音痴さ。以前は、それで終り。しかし、いまや、長編伝記ロマンで、ひとかせぎできるアイデアなのだからなあ。

蝶々《ちょうちょう》夫人の「ある晴れた日に」と映画「慕情」の曲の類似は、よくいわれる。香港が舞台ではまずいな。ひとつ、シンガポールあたりからはじめるか。

スコールのあと、酒を飲みながら、ビルマの民謡「埴生《はにゅう》の宿」を聞いていると、埴輪《はにわ》うりの少女がやってきて……。

コメディ仕立ての伝奇ロマンは、新鮮だろう。人まねじゃ、話題にもならんぞ。ハニがからみ、土と直とが対立するのだ。なぞは笑いとなり、笑いは暗号であり……。

＊

最近、中国の人の書く字が、へたになった。返信の文を書くのも、平気だ。これは多分、筆を使わなくなったせいだろう。細さ太さの差での風格も出せない。ボールペンの字には、日本人以下のもある。

すべてが横書きになったせいもある。中国では小説まで、横組み。横書きの漢詩なんて、味があるのだろうか。異国人の私など、意見をいえる立場にないが。

先日、歯科医むけの雑誌からエッセーをたのまれた。参考にと送られたのを見ると、編集後記に「次号より横組み」で、忙しいとある。ごくろうさまだが、みごとに読まれなくなるぞ。忠告する立場にはないがね。

健康に関する雑誌や本が、むやみと売れている。すべて、医学めいた記事がタテ組みであるのを、考えたことはあるのかね。

あの、スキャンダル写真週刊誌。よく売れているらしい。私はグラフィックな部分の多いものは、横組みの文でもいいかと思っていたが、そうではなかったらしい。タテ組みだと、泥くさく、親近感があり、日本人むけの魔力のようなものがある。

うまいへたが、明白にもなる。学者の文、役所の文のわかりにくさは、そのせいではないか。タテに直してみろ。ひや汗が出るぞ。明治初期の太政官布告《だじょうかんふこく》なんか、わかりやすい上に、指示としての権威のムードがある。

＊

「言」という字だが、活字だと、第一画が小さな横棒である。私はずっと、斜め左上からの点、つまり「主」の第一画と同じに書いてきた。現行の小学国語の教科書も、そうなっている。印刷活字だと、なぜ変るのか。読みやすくなるのだろうか。

ついでに辞書を引くと、主の旧字体は、点でなく、上から下への一本棒。王のタテ棒が上に抜けている形。そうだったかなあ。

聖子ちゃんという歌手が結婚する寸前まで、聖の下の部分が王とは知らなかった。辞書で確認しなかったせいか。ではとばかり、呈を見たら、下が王。そのくせ、廷は王ではないのだ。

似た字の延を調べると、正ではない。なにがなんだか、わからぬ。たぶん、本来は、そううるさくはなかったのだろう。任のツクリは、王でもいいのかもしれない。

誤字を気にする性格だが、このへんは仕方ない。自分勝手でやったのではない。旧字がらみだからだ。タレントにも、斉藤と斎藤とがいる。

台湾では、あくまで旧字体。ワープロでの手紙が来たが、ひらがなのキーがついてるわけかな。湾の字さえ旧字体。そのくせ、台はそのままである。なぜかわからん。

昔、四日市《よっかいち》の若い人から、手紙が来た。そこは市なので、住所を四日市々と書いている。どうも妙な気分だ。

かつて投稿原稿で、妻の略字を勝手に作り、主の下に女と書いたのがあった。実感なのか、新発明なのか。

＊

「世界の中の日本文字」という題で、漢字カナまじり文は、世界で最もすぐれたものという本が、五人の言語学者によって出版されているのだからなあ。喜ぼう。

虚々実々ガーデン

勧誘

ここ二、三年、週に二回ぐらいの割で電話がかかってくる。

「マンション投資のご案内ですが……」

こっちは黙ってひと息、そして、

「お気の毒ですが、まにあってます」

受話器を置き、それで終りである。年に百回は越えるだろう。これを営業としている会社が、そんなにもあるのか。ひまがあったりすると、ふと聞いてみたくなる。

「なんで、うちへ電話を……」

「同窓会名簿を見てです」

私が出た旧制高校の名が出たりする。ははあ、そろそろ定年、まとまった退職金を手にする者も出はじめる。それを狙ってか。

そういえば、うちの娘の十九歳の一年は、ダイレクトメールと電話がすごかった。成人式用の着物を、である。情報時代、名簿がどこでやりとりされているのか、見当もつかない。いい気分ではないが、適応せねばいかんのかもしれない。

「こんな電話で、成立した件あるのかね」

と聞いてみることもある。ほとんど、だめのようだ。そうだろうな。

「うまい話のようだな。すぐ会いたい」

なんて反応は、期待できないだろう。電話代を無駄にしているだけだ。金融業者間には、要注意人物のリストがあるらしい。それと同様、勧誘みこみなしのリストを作り、コンピューターでチェックすればいいのにと思う。しかるに、なぜかくも何回もだ。

好奇心をいだいてさぐりを入れてみると、どうやら、新入社員の研修らしいのだ。

「安易にもうかることって、あるのかね。うちは自営業で、二十七年になるんだがね」

とたんに、相手の調子がおかしくなる。自分の年齢が、それ以下なのだろう。おしなべて、どこか若い。電話を切られる前にと、いやに早口でしゃべるのもある。こうなると、選挙の時の「お願いします」の連呼のようなもので、気持ちはわかるが逆効果。

かくして、新入社員たち、世の中が甘くないことを、身をもって知る。一日の長のある先輩や上役の指示や話を、本気で聞こうとしはじめる。組織の一員となる。なんのことはない、電話の相手の私などは、そのために利用されているわけだ。これもまあ、仕方のないことか。

マンション投資とは、いくらかの頭金があれば、銀行からの融資とで一戸が買える。それをだれかに貸せば、家賃を返済に充当し、やがては自己の所有となるというのである。

理屈では、うまい話。私の世代では「老後のためのアパート経営」ということならわかり、その現代版というのだろうが、なぜか乗り気になれぬ。友人で、この投資をやっている医者がいる。だから必ずしも悪い話ではないのだろうが、つまり私は性格的にむいていないのだろう。あるいは、とりついている霊のお気に召さないためか。

会員制のリゾートクラブや、証券投資のすすめもあるが「その気があれば、とっくにやっているよ」である。

ごくたまに、商品投資の電話もある。たいてい「もうかる」をくりかえすので、かえって警戒させるだけだろう。ふと思いついて、こう聞いてみたことがあった。

「この電話を録音しておいて、もし損をした時、サラ金の取り立てのように、連夜おたくに押しかけることになるかも……」

むこうは、いささかあわてた。ぱっとしない景気。金を返せと、刃物を振り回すやつだって出ないとも限らない。

もっと巧妙な持ちかけ方はないものか。

「商品投資など、ご関心ないでしょうね」

「ああ、ないね」

「それなのに、よく電話ですすめられる」

「ああ」

「すでにやってると、お答えになれば」

「それもそうだな」

「しかし、どこでと聞く人もある。その時、わが社の名を、お出し下さい。決して、投資のおすすめはいたしません。名前をご利用いただければ、いいのです」

「ひとつの方法だね」

「もっともらしい応答のしかたを、お教えいたします。現実におやり下さいとは申しません。お知りになりたければ参上……」

なんとなく、深みに引き込まれかねないではないか。そして、形式的に口座だけでもとなれば、あと一歩。資料を見ているうちに、損をする人ばかりでないこともわかってくるだろう。

そこで、自己の判断で少しとなれば、健全な経済行為である。なぜ、そういう方向へ持っていこうとしないのか、よくわからん。公営ギャンブルより、有利さの率は少しは高いのではなかろうか。小口の金では出来ないせいかもしれない。大衆化されれば、やってみようという人も多いのではなかろうか。

理解のあるようなことを書いたが、私はこれらの電話で、ぜんぜん心が動かない。勧誘で入ったのは、生命保険だけである。作家になりたてのころで、妻子のことを考えると、これは考えざるをえない。当時、ミステリー作家が続出したころで、目をつけて歴訪したその人は、いま考えるとさすがベテランである。

なぜその気にならないかというと、私が作家だからではなかろうか。目がさめて、まず新聞の株式欄を読むようでは、私のような分野の小説は書けなくなってしまうだろう。相場の上下を気にしていては、怪奇な世界などさまよっていられなくなる。アイデアも出にくくなる。書斎にこもっている時、さまざまな雑念が湧いては消え、うらみや感謝の念が交互にあらわれ、不安と期待がまざりあうというのは、発想のためにはいい状態なのである。しかし、あの社の株で損したといった、ひとつの雑念だけにとらわれたら、どうしようもない。

それで現在までやってきた。投資をすすめる電話を切ったあと、そんなに利益のはっきりしていることなら、人にすすめる前に、なぜ自分でやらないのかと思ったりする。そんな自分自身を考えると、かなりうたぐり深い性格だなと、認めざるをえない。それなのに、むこうは、作家というものは世間しらずで、扱いやすいものと思い込んでいるらしい。口調にも感じられる。新入社員なら、そう思うのも無理もないがね。

私のみならず、戦中戦後を知る世代の作家は、大部分かなりの人間不信の傾向を持っているのではなかろうか。だから作品が書けるのだし、それゆえに交際を大切にする。申しわけないが、武者小路先生のようなタイプのは書けないのだ。

しかし、社会のほうだって、作家を全面的に信用してはいない。早い話、いかに才能があろうとも、担保や保証人がなければ、銀行は取材費など、決して貸してはくれない。

終戦秘話

昭和二十年七月のある夜。東京の某所。天皇の信任あつい木戸幸一内大臣と、鈴木貫太郎首相とが、ひそかに会っていた。二人だけなのに、木戸は声をひそめて言う。

「もはや戦局は、どうしようもない。早く終らせるべきだと、おたがい意見は一致している。ただ、心配が二つある。軍部が、おとなしく従ってくれるか。また、そのあとの日本が、どうなるかだ」

「わしもだ。そこでだが、じつは先日、日露戦争時代の戦友がうちへ来た。霊媒めいた能力のあるやつでね。お悩みでしょう。未来をさぐってあげましょうかと言う。ものはためしと、たのんでみたよ。三日ほどして、報告に来た。吉田茂に会ったとか……」

鈴木の話に、木戸はうなずいた。

「駐英大使をやった人ですな。戦争をやめろと要人たちに話してまわり、憲兵隊ににらまれている」

「彼は吉田を訪れ、催眠術をかけ、あなたは十年後の世界にいますと暗示を与え、いくつかの質問をしたそうだ」

「催眠術で十年後にねえ。なんたる奇妙な術。信じていいのかどうかは別として、興味がありますなあ。で……」

「戦争は内乱もなく終る。天皇制も残る。生活は苦しいが、十年以内に自分の内閣で講和条約が結ばれ、独立国あつかいされる」

それを聞き、木戸はほっとした。

「吉田の夢かもしれぬが、それが本当なら、もう、申しぶんなしですね」

「わしの友人は、あとの質問に困ってしまった。参考のためにと、みこみのある後継者を聞き、佐藤栄作の名を知った」

「だれです、それは」

ふちなしの眼鏡に指を触れ、木戸が聞く。

「部下に調べさせたら、大阪鉄道局長をしている者だ。東条内閣で商工大臣をやった、岸信介の、弟らしい。岸は頭の切れる男だが、弟についてはあまり聞かんな」

「大器晩成ということもありますがね」

「すぐに大阪へ出張してもらったよ。また催眠術をかけ、そのあとの十年について聞いたそうだ。餓死者が出るどころか、経済が発展し、米国が占領をつづけた沖縄も本土に復帰するという」

「経済の発展ねえ。爆撃で生産工場は、ほとんど壊滅。なにが作れるというのだろう。南米諸国あたりが、同情して資金を貸してくれるのだろうか」

「わからん。自分はノーベル平和賞をもらうのだと言ったそうだ。正気かな」

鈴木が首をかしげた時、米軍機飛来の、警報サイレンが鳴った。しかし、東京は心配ない。たいした目標は残っていないのだ。

「平和賞なら、戦争を終らせる鈴木さん、あなたのほうが適当なのに。変ですね。で、日本はそのあと、どうなります」

「やっと聞き出したのが、田中角栄という名だ。調査に苦労しましたよ。越後の貧しい農家のせがれ。いまは軍隊を除隊し、土建事業をやっている。なんと、二十八歳だ」

鈴木の話で、木戸は顔をしかめた。

「プロレタリアですな。労働者農民党の内閣となるわけか。われわれ、そのころは寿命だからどうでもいいとはいうものの、気が重くなりますね」

「その田中という青年、弁も立つ。催眠術にかかってくれ、佐藤内閣のあと、人心一新をやってのけると言ったそうだ。あ、これまであげたどの人物も、術をとく時には、話したことはすべて忘れろと告げてからだから、当人はもちろん、うわさとして流れることもない。わしの友人も口がかたいし」

木戸は青ざめながら、つぶやく。

「アジテーターとしての才能も、あるようだな。人心一新ねえ。その田中労農政権の下で、皇室はどうなるのでしょうね」

「心配はいらんよ、だそうだ。もっとも、その田中青年の話だがね。いいことずくめを、しゃべりつづけ。北京へ行って、毛沢東さんと握手してきた。日中友好、経済協力も進めるとか……」

「毛沢東といったら、共産軍の首領じゃありませんか。さっきから、しきりに経済の話が出るが、よくわからん。どの都市も焼け野原。食料のあてもない。宝石の大鉱脈でも、国内でみつかるんですかね」

木戸は腕組みをし、鈴木は淡々と話した。

「わしだって、おいぼれだ。そんな先のことは想像もつかぬ。パンダ、アポロ、モンロー、タンカー、ビデオなど、妙な言葉を除いて、わかる範囲でまとめてみたのだ。友人の霊能者も、きりがないと、田中からあとひとりの名を聞き出した。ナカソネという」

「なにものなんです」

「これも調べるのに手間がかかった。中曾根康弘という、やはり二十八歳の青年。海軍の主計将校だそうで、いずれは政権をにぎるそうだ。軍関係なので、友人を接近させるのに、ちょっと苦労したがね」

「左翼政権にあきたらず、軍部のクーデターですかね。しかし、主計将校が中心人物とはね。流血の上でなければいいが」

「シーレーン、トマホーク、バイオ。なんのことかね。わかったことは、パキスタンへ出かけ、経済援助の約束をしたらしいこと」

「なんで、そんな国に。日本軍は攻め込んじゃいないのに。ほかから文句が出るでしょう。オランダ、フランスなどから、東洋の植民地をよくも荒してくれたなと」

「そんなのは、いいんだそうだ」

「信じられん。どうもおかしい。どこかで進路が狂ったとしか、考えられん」

木戸内大臣は頭をかかえた。鈴木貫太郎首相は、あきらめか悟りのような口調で言う。

「そう思うだろうな。わしの友人の霊媒もどきも、自信が持てなくなり、最後のひと仕事をした。道を歩いていたやせた青年に術をかけて、質問をしてみたそうだ。意識を四十年後に移し、いまの世の中をどう思う、不自然ではないかねと。その報告をもたらしたあと、わしの友人は気を失ったままだ。能力を使いはたしたのだろう。気の毒だが、これもご奉公だ」

「青年の答えは、どんなだったのです」

「こうだったとさ。術にかかりながらも、そいつは、なにか感じたらしい。かなりはっきり言ったそうだ。はるか昔からの、呼びかけのようですね。お願いです。過去を変えたりせず、このままにしておいて下さい。どこか、まちがっているかもしれない。不自然かもしれない。しかし、日本の多くの人たちは、この次元の世界で満足しているんです。この夢を、さましたりしないで……」

「なにか、真に迫ったものがありますな」

と木戸。鈴木も声を強めた。

「わしもそう感じる。とにかく、悪夢ではないといえる。方針どおりやりましょう」

二人の戦争終結への決意は、確認された。

定年後

だれも言及しないので、ここに書いておく。関取の高見山が引退した。時の流れは、どうしようもない。ごくろうさまである。

各種の媒体が、一種の特集でとりあげた。しかし、ひとつぐらい、英語でのインタビューがあってもよかったのではないか。日本国籍にもなったし、親近感はあるし、日本語もなんとかなる。

だが、アメリカ育ち。英語で思考しているのだろう。英語だったら、もっと微妙なものを聞き出せたのではないだろうか。

このあいだ、マンション投資は気が進まぬと書いた。そのあと、食わずぎらいもどうかと、たまたまなにかにのっていた記事を読んでみた。

いくらかの頭金と融資とで購入し、第三者に貸せば、家賃によって、いずれ所有権が自分のものとなるのだとある。その、いずれとは、二十五年後。

自分の年齢にそれをたすと、なんと八十何歳である。驚いたね。こんど電話があったら、皮肉のひとつも言おうと思っているのだが、そうなると皮肉にも電話がかかってこない。定年後の生活設計としてのマンション投資なら、四十歳前にはじめなければならない。そんな余裕のある人は、いるのだろうか。

定年テーマの、ストーリーが浮かんだ。

ひとりの男がいたとする。一流の大学を優秀な成績で出た。そして、一流の企業に入社した。

一流の会社に入るのも容易でないが、その社が一流でありつづけるのも、たやすいことではない。経営陣がすぐれていて、時流に乗りおくれないように注意しなければならない。げんに、伝統のある会社だって、倒産しているのだ。

社員たちが、その期待以上の働きをしなければならないのは、いうまでもない。その男も仕事に熱心だったし、同僚たちもそうだった。前途に不安を感じる材料は、なにもなかった。

残業もしたし、酒を飲んでさわいだこともあった。若いのだから、それぐらいは仕方ない。限度をわきまえ、疲れを次の日に持ち越さなければいいのだ。

社宅ぐらしなので、少しずつ貯金をすることができた。また、何人かのガールフレンドのうちから、この人こそという女性が心のなかできまってきた。それを告げると、承諾の返事があった。

「ぼくは、いい人生を歩んでいるようだ」

やがて結婚する。普通のアパート生活。高い家賃を払ったりせず、金をためて土地つきの家を買いたいと話しあったのだ。

典型的な会社づとめの経過を読まされるのもつまらないだろうから、そのへんはほどほどにしておく。

とにかく、その男は順調に進む。会議でもいい発言をしたし、外国の出張所での仕事もそつなくこなしたし、健康でもあり……。

通勤に時間はかかるが、自分の住宅を手に入れた。子供もひとりできたが、べつに問題もおこさずに育つ。

しかし、人間、五十を過ぎると、なにか、ふと心に迷いを感じることがある。

「このままでいいのだろうか」

その男は善良な性格で、公平な判断力の持ち主だった。これという欠点はない。周囲の人たちも、彼を好きだった。

「なにか気になるな」

会社という組織のなかで、子分なるものを持たなかったし、また、だれかの子分というわけでもなかった。ある水準までは才能によって昇進するが、それ以上となると、人脈がらみがものをいう。

このままだと、いずれ定年となって、退職というわけか。あと数年なんて、あっというまにたってしまうからな。そのあと、年金と貯金とで細々と暮すのは、あまりにあじけない。心配しはじめると、それにとらわれてしまう。

男はそこで、脱サラを決意した。どんな商売がいいのだろう。会社の仕事のかたわら、いろいろと調べてみる。やはり、現金収入の店がいいようだ。簡単なレストランなど、どうだろう。あまり料理の種類は多くしない。そのかわり、値段を安くする。店の内装やインテリアは、エキゾチックで、アンティック風にし、ムードのあるものにする。

知人の意見も聞いたし、立地条件のいい店さがしにも苦心した。父の遺産の株券を売り、退職金を合わせて、気に入った店を手に入れた。夫人も協力的だったし、いい料理人もやとえ、なんとか運営が軌道に乗る。

「やれやれだ。転進の時期もよかったわけだ。がんばって会社にいても、重役以上にはなれなかっただろう。なったところで、少し長くいられるだけだ。いまの生活のほうが、はるかにいい」

それは実感だった。生活に張りが持てたように思えた。

ある日、男は昔の会社を訪れ、知ってる人と雑談をした。安定を手放したかわりに、自由を手にした。これでよかったのでは。

帰りにバーに寄り、ひとりで飲む。あれこれあったなあと考えながら。その時、客のひとりから名を呼ばれた。見おぼえのある顔だが、名が思い出せない。にこにこしながらそばへ来たので、やむをえず聞く。

「どなたでしたっけ」

「お忘れなのも、むりもない。小学校を出てから、お会いしてない」

「あ、そうだったな。なつかしいな。いま、なにをしているんだい」

「中学を出てからね、勉強が好きじゃないので、中華料理店につとめたんです。店主が中国系の人でね、きびしく仕込まれましたよ。しかし、やめるわけにいかない」

　面白い話だった。男は聞く。

「で、それから」

「台湾で修行してこいと、店主の親類の店へ送り出されたんです。そこでも料理づくりをやらされ、中国語も覚えましたよ。日本からの観光客の、ご愛用の店にもなった」

「ふうん」

「その店の娘さんと、結婚したのです。日本へ帰って、独立して店を出したらとすすめられ、資金も応援してくれました」

「どこでやってるんだい」

「こんど来て下さい。このそばですよ。ちょっと眺めていってくれませんか」

　夜の街へ出る。その旧友は指さす。中華料理店のネオンが目に入る。

「すごいね」

「まあね。小さいけど、あのビルもぼくの所有なんです。来週はシンガポールへ、材料の仕入れに行ってきます。ぜいたくいったらきりがないが、まあまあの人生でしょうね」

　こんなような内容の話を、感情のこもった描写でふくらませ、短編に仕上げる。だれかの名を借りて応募したら、どこかの雑誌の新人賞に受からないだろうか。選者たちは、こんなことを言うのではないかな。

「もうひとつ迫力が欲しいね」

「この作者、定年後を執筆で生きようというつもりだろうな。実話かどうかだが、まとまっている」

「民話をふまえているようでもある。われわれ、早く作家になってよかったな。五十すぎてからの作家生活は、大変だよ」

あれこれ不満は残るが、若い人の作品に、これといったのがなかった。あったのかもしれないが、理解できないタイプのもの。

そして、某氏のところへ「あんなようなのを、また」と第二作の依頼がある。私へ連絡されるわけだが、お手あげである。

じつは実話

先日、長野貯金局というところから、手紙がきた。なにごとならん。

〈貴殿の定期預金についての問い合せだが、その確認をいたしたい〉

なんだこれはだ。長野県で預金をしたおぼえはない。ふつう、こう思うのでは……。

おそらく、私の名を使っての、だれかのかくし預金にちがいない。なんとか巻き上げる方法は、ないものか。身分を証明するものなら、なんでもそろえられる。興味を持って調べてわかったことだが、私たち東京都民、近所の郵便局へ定期預金をしているつもりでも、その原簿からなにから、すべて長野県内で整理されているのである。

たまたま抜き取り調査に私のが当り、妙な気分にさせられたわけだ。ほかの人だって、驚くだろう。預けた郵便局経由、あるいは説明つきならいいのに。そこがお役所仕事というわけだ。巻き上げようにも、自分の預金だったのである。

戦時中に安全のためそうなされ、いまにつづいているのだそうだ。当局は、都民たちのことを、ずっと心配してくれているのだ。

かりに、大震災発生、強力ミサイル落下などで東京が全滅しても、みなさまの郵便貯金は大丈夫なのだ。長野県のどこなのか。山腹を掘って作られた、昔の軍隊の総司令部内かもしれぬ。こんなこと、知ってましたか。

現実がこうとなると、フィクションはよほどの飛躍がなければならない。そして、それが意外に本当だったりして。

たとえば、忠臣蔵《ちゅうしんぐら》。江戸城中で、浅野内匠頭《たくみのかみ》が吉良上野介《きらこうずけのすけ》に斬りつけたのが、発端である。小説では見てきたように話を作り上げてあるが、歴史書では凶行の原因は、なぞのままだ。吉良が勅使を迎える指導料を求めたからだといわれるが、不満に思っても、ご無理ごもっともで、そうしなければならない時代だったはずだ。

とにかく、浅野はそれをやってしまった。幕府の上層部は対策を相談したが、将軍綱吉は切腹を命じた。こうなっては、だれも反対のしようがない。

大目付《おおめつけ》は検使の役人たちを引き連れ、浅野の身柄を預けてある大名、田村家へとおもむき、迎えた者に言った。

「将軍じきじきの指示で参った。これが上意の書。おたしかめあれ」

押してある印は、本物だ。

「お役目の儀、ご苦労にございます」

「では、浅野のいる部屋に案内してくれ。逃がさぬよう、警戒は万全であろうな」

役人に聞かれ、田村家の者は言った。

「もちろん、腕の立つ者をそろえてございます。浅野家の家臣どもが、五十人ほど一団となって、実力で奪還に押しかけられては、一大事でございますから」

「なかなか、想像力がゆたかであるな。現実にそうなったら面白いだろうが、夜中の討入りは起らない。ことは、その前にすむ」

「まずは、こちらへ」

検使の一行は浅野のいる部屋へ行き、警備を交代する。決定が申し渡される。

「気の毒ではあるが、城中での傷害となると、見のがせない。みなが安易に刀を抜きはじめたら、収拾がつかない。活気は出るだろうけどね。切腹ときまった」

「いたしかた、ございません」

神妙な浅野に、役人は言った。

「立派な覚悟だ。そこで、どうかね。なぜ、あんなつまらぬことをしたのだ。殺したければ、浪人に金をやり、登城の途中を桜田門あたりで襲わせればいいのに。正直に話してくれぬか。上様も知りたがっておいでだ。情状があれば、なにかの役に立つかもしれない。目立ちたかったのか。それだって、ひとつの事情だ。後世の人も、なっとくする」

「ありがたき、ご配慮。しかし、私、うそのつけぬ性格でございまして」

「なにか言ってくれ。うまく話を仕上げてやるから」

そう言われても、浅野は首をかしげ、ただつぶやくだけ。

「じつは、自分にもわからぬので」

「いまは木の芽《きめ》どきでもないし、炎天下でもないぞ。桜の季節だ」

「しかし、わからぬものは……」

「やむをえぬ。切腹だ。日が暮れ、暗くなった時にな。それまでは、好きなように」

浅野は出された菓子には手をつけず、お茶だけを飲み、すずりと筆を借りて、辞世をしたためた。

風さそふ花よりもなほ我はまた春の名残《なごり》をいかにとかせん
筆跡はみごとで、動作は落ち着いていた。役人たちは、見張りを残し、別室で相談。

「あれが、昼ちかくに前後をわきまえず、斬りつけた人物とは思えん。おだやかだ。なにかに、とりつかれたのか」

まだ、二重人格とか、催眠術なんて言葉はなかった。もうひとりが言う。

「ケモノつきなら、目の動きがちがう。やはり、あれですな。三十五歳、同情してやらんといかん。上様も、そこをたしかめよと申された」

「勅使のことで、頭が一杯。身がけがれてはと、側室を遠ざけ、精力のはけ口がなかった。よほどの好き者なんでしょうな」

「だろうな。江戸の町も、吉原ができてから殺伐さが消え、治安がよくなった。では、手はず通りにことを運ぼう」

夜となった。正座した浅野のうしろに回った男たちは、浅野の両耳を平手で何回もひっぱたいた。もちろん鼓膜《こまく》は破れ、音と無縁の人間にされた。

両手の筋《すじ》を切断し、筆を持てなくする。口のなかにむりやり薬液を流し込み、声帯の機能を失わせた。話もできなくなる。目だけは見る能力を残してある。

検使として乗り込んできたこの一団、すべて将軍直属の隠密《おんみつ》だったのだ。そうでなかったら、かくも巧妙にはやれないよ。書類が正式なのも、当然のことだ。

裏門をあけ、そこに運んでおいた罪人の死体を持ち込み、着物をきせかえる。

浅野が最終的に運び込まれたのは、大奥、特別な出入口も、隠密だから通れる。将軍は迎えた。

「ごくろうだった。やはり、思ってた通りだったか。浅野の存在は、武士らしく、いさぎよく、この世からきえたことになる。しかし、女ばかりのなかではな。そうだ、女装させるか」

浅野は大奥の管理下で、その能力を活用された。生けるセックス・マシーン。だれも素性《すじよう》は知らないし、当人も話せない。絶食で死ねないこともないが、それも無意味と思われた。また、そもそも好きなことなのだ。そのあとの世の動きも、知るよしもない。

といった時代小説だって、成り立つかもしれない。綱吉は暗愚ではない。浅野の凶行を知って、大奥でも欲求不満による陰謀の進行の可能性もある、その防止を考えたかもしれないではないか。

そもそも、犬をかわいがれだって、すごい発想である。当時、人びとは変ったことへの期待感みたいなものを、持ってたのではなかろうか。

忠臣蔵の一連の事件には、だれかすぐれた演出者がいたのではないか。うまくできすぎている。まず、大石内蔵助《くらのすけ》にささやく。

「なあ、ひと役かわぬか。後世に名を残せるぜ。悪いようにはせん」

これがスタート。浪士たちはへまをやらず、討入りではだれも死なない。終ったあとも、語りつがれる。大衆は楽しめた。少しぐらいの犠牲はやむをえぬ。鎖国でもあり、テレビもない時代だったのだ。

どちらか

「このところ、若い連中のあいだに、変なことが流行しはじめてね」

警察関係の中年の男が言った。無表情なのは、さまざまな事件を体験しているからだろう。社会評論家がそれに答えた。二人は友人で、酒を飲みながらの会話なのだ。

「流行と若者。この関連はあって当り前、ないほうがおかしいんじゃないかな」

「しかしね、麻薬なんだからな。それも、これまでとはちがったタイプとくる」

「仕事がふえたっていうわけか。まあ、仕方ないよ。犯罪めいたことがあってこそ、きみたち警察が存在しているのだ」

「それはそうなんだけど、今回のは、どうにも扱いにくいんだ」

「ひとつ、くわしく話してくれないか。よほど珍しいもののようだな」

「問題点の第一は、製造が容易なことだ。だから、つかまえにくい」

「入手じゃなく、製造がね。ガソリンをシンナーに変える方法をみつけたとか……」

「程度からいえば、そんなことかな。原料がすぐ手に入る。南米アンデス原産のある果物、ヒマラヤ原産のある野菜、それらの汁をまぜて、ある食品に含まれている微生物を加えて、三日ほど待つ」

警察関係者は、指先でテーブルの上にそれらの名を書いた。いずれも、だれでも買えるものばかりだ。社会評論家はうなずく。

「これでは、取締りようがない。それにしても、妙なとりあわせだな。ひとつひとつならいいが、とてもいっしょに食べる気にはならない」

「だから、これまで、食い合せがどうのとの問題も起らなかったのだ。しかし、悪いやつが、話のたねにとやってみた。それで、気分がよくなったのだろうな。口に入れる前にやったらと、考えたのだろう。体内と同様に、神経系に作用する物質が生成されることがわかったのだ」

「天才的といえるかもしれん。どこか、常人とは、ちがっているよ」

「なんでも、発見者は日本人だそうだ。調べて逮捕しようにも、法的に無理だ。しかも、そいつは若者のたまり場へ行って、ただで教えてしまった。広がるのは早いよ。外国でも、はやりはじめたらしい。もはや手おくれというわけだ」

「肉もアルコールも使わないから、宗教的な制約も受けないしな。まったく、いろんなことの起る世の中だ。で、それによって、なにか被害が出はじめたのか」

社会評論家が聞く。まずは、そこを知らなくては。警察関係者が口ごもりながら言う。

「それが、いまのところ、なにもないのだ。売買でもうけるやつもない。刑事事件ともつながらない。かえって、ぶきみなものだよ。嵐の前の静けさといった感じだ」

「しかし、麻薬のたぐいなんだろ。なにか、悪事をひき起すのじゃないかな」

「ぜんぜんだ。作用で、凶悪になるのじゃなく、善良になるのだよ。警察研究所で、服用者の脳波を調べてみた。すると、なんと、修行をつんだ宗教関係の人の、祈りのそれと、きわめて似ていることが判明した。使いはじめたらやめられなくなるのも、当然だよ。欲求不満が、それで消えるのだからな」

「そりゃあ、すごい。ひとつ、やってみるかな。さとりの心境だな。すると、なぜ、それが問題なのだ。非行少年もへるだろうし、けっこうなことじゃないか」

「いまのところは、どうということはない。しかし、上のほうでは、将来のことを心配している。まず、警察官は半減してもいいということになる。ストレス解消に安あがりなら、酒の会社もつぶれかねない。簡単に聖人なみになれるなんて、宗教界の対応はどうか。社会評論が専門なら、重大さに気づかないかね」

「言われてみれば、そうだな。社会体制も、大きく変るだろうな。平穏にはなるだろうが、よいことずくめかどうかだ。安楽死がふえるかもしれないな。戦意もなくなるが、労働意欲も低下かな。予測もつかん」

「世の中、現在よりはよくなるんだろうが、試行錯誤なしに、そうなるのだ。人工的という点も、気にくわん」

「まあ、考えられないことだが、その材料の三つのうち、ひとつでも欠乏したら、えらいさわぎになりかねない」

「前例はいくつもあるが、いちばん心配なのは、副作用さ。何年かたって、これまた予想もしなかったような、まさかといった形で現れないとも限らん。その場合、だれがいけなかったかだよ」

もちろん、思いついたフィクション。ずっとやってきたので、随筆を書こうとしても、ショートショート的な形をとってしまう。こういうの、ほかにいないだろうな。これは随筆なのである。

麻薬問題については、ずっと関心を持っていた。人類とのかかわりあいを調べ、書いてみたいな、と思うだけ。

こんな話の出来たそもそもの発端は、どう関連しているのかわからないが、少し前に発生した食中毒事件。地方の名産品の食べ物のなかに、ある菌がふえ、それによる死者が何人も出た。悪意はなかったとはいえ、人命のかかわった事件である。

ずさんな小企業なので、賠償はあてにできない。政府が救済してくれるとも思えない。泣き寝入りに、なるんだろうな。生命保険に入っておくべきなのだろう。

問題のその食品のパック。テレビの画面にちらりとうつった。私は印刷されている文字を読みとった。それは「無添加」である。

現在の人は「無添加」こそ、安全な食品と思っている。しかし、食品加工の発達からみると、それはむしろ異常だ。保存の第一の条件は、腐敗防止である。変質すれば、味は落ち、下痢《げり》をおこし、時には死亡する。食中毒は無添加の副作用。副作用は、なんにだってあるのだ。

考えさせるね。無添加はいま、信仰と同じ。理屈ぬきの心情というのは、私の好みにあわぬ。信者たちは、中毒死の人たちに対し、なにも感じないのだろうか。

連日、大量に飲食するものなら、それは万全の警戒が必要だ。しかし、たまに少量だけ食う物、そのなかにごく少量の添加剤は、あってもいいのではないか。今回の死者も、防げたかもしれない。

タラコの赤いのを取締れという人がいる。そういう人は白いのを買えばいい。月に一回ぐらいで、いろどりに赤いのを望む人の、買うのをさまたげることもないだろう。

飛行機ぎらいの人は、列車や船を利用する。選択の余地がいくらかあっていい。甘味をえらぶかアルコールをえらぶかで、私は酒のほうに親しんでいるのだ。

そりゃあ、私も安全を望む。しかし、官庁によるこまかい規制も、ほどほどにしてもらいたい。無添加信仰も、ほどほどに。

そういえば、ビール。純粋に大麦だけから作ったのは、国産のにはないのだ。しかし、文句を言う声を聞かないなあ。

スパイ

あるビルの三階の一室。そこはＫＧＢ（ソ連情報部）のニューヨーク支部。そんな表示が出ているわけではないが、実質的にそうなのだ。夕方になると、この地区の担当の部員が、なんとなく集ってくる。

着任して三ヵ月ほどの、若い部員がこんなことを言った。

「このへんのアメリカの防備態勢を調べたが、万全とは思えない。原潜から核ミサイルを打ち込んだら、この町は大混乱。パニックになるだろうな」

ほかの四人は、顔を見合わせる。ひとりがふるえ声で言った。

「へたなことを口にしないでくれ。スパイは、慎重さが大切なのだ」

「会話が盗聴されているのか」

「それは、ない。入念にさがしたが、発見できなかった。うその会話をかわし、反響をうかがってもみた。だから、ここではくつろげるのだ」

「それだったら、思ったことをしゃべったって、いいじゃないか」

不満そうな若い部員を、ほかの者がたしなめる。

「そう思ってるとなると、なお危険だ。ほかの者がいたら、ことだぞ。本国の本部から、出張してきた部員がいたとしてみろ」

「参考意見になるだろう」

「いいか。そいつが帰国し、ニューヨークでこんな話を聞いたと報告してみろ。そして、上層部がその気になったら……」

「いかんか」

「まさかとは思うが、国籍不明の潜水艦をよそおって、やってみるかとならないとも限らぬ。どうなると思う」

そこでやっと、若い部員もうなずいた。

「われわれ全員、即死か」

「わかってくれたな」

「しかし、いくらなんでも、われわれを見殺しには……」

「人がよすぎる。そんな指示が、途中で解読されてみろ。すべて終りだ。かりに連絡があったとしても、どうしようもない」

「どこかへ逃げるひまはある」

「この国のCIAだって、遊んではいない。KGBらしいのが全部、いっせいに脱出となると、なにかあると考える。無理にも口を割らせるぞ。拷問《ごうもん》にたえられるか」

と言われ、若いのが青ざめる。

「拷問のあげく、核ミサイルで死ぬのじゃ、たまらんな。なるほど、ことは簡単じゃないな」

「そうなのさ。ひとつ利口になったぞ。そうして、一流のスパイに成長する」

「一流ねえ」

「そういうこと。ここの生活はどうだ。うまい食い物、うまい酒、いい女。ポルノ映画だって見られるし、麻薬だって手に入る。一流のスパイなればこそだ。二流とみられ、キューバ、ベトナム、酒なしのイスラム圏へ転任させられたいか」

「それはごめんです。で、先輩がた、どんな報告書を作っているのです」

「親ソ派の連中が、静かに着実にふえている。時がたてば、武力によらずして、この国を手中にできますとね。ロサンゼルスの支部だって、気分は同じさ。ワシントン駐在の上役だって、うそと知りつつ、本国へそう報告しつづけているわけさ」

「祖国へ潜入しているCIAのスパイどもは、どうなのかな」

「けっこう、いい思いをしているんじゃないかな。ドルを持っているし。時たま、反体制的な動きが増大してるなんて報告して。ここの新聞でも、そんな記事をみかけるよ」

「スパイこそ、平和の戦士か」

＊

核ミサイル時代のスパイとなると、こんなことも、ありうるのではなかろうか。過激な情報を送ると、わが身の命を失うことになりかねない。スパイなんてどうせ非情なあつかいさとさとると、自分のことを第一にしてしまうのではないか。

似たような事件が多いので、人名も、いつかも忘れてしまったが、在日KGBの一員がアメリカへ亡命した。その時、日本における協力者として、多くの人名を発表した。ひとさわぎあったように思う。名ざされた人たちは、自分は手先きじゃない、金だってもらっていないと、そろって主張した。

たぶん、そうだろう。しかし、そのスパイとしては、日本でいかに自分への協力者がふえているか、報告せざるをえなかったのではなかろうか。

となると、名の出た人たち、迷惑かもしれぬが、平和のために利用されたと、あきらめてもらうしかないのでは。

「祖国を裏切るようなやつの言は、信じてはいけない」

などと弁明した人もいた。日本人ごのみの儒教的な理屈だが、スパイの世界で通用するかどうか。後任の担当は、こう報告しているかもしれない。

「わたしは、うまくやりますよ。すぐに手を打った。協力者は、だれも否定しているでしょう。ね、みごとなものでしょう」

＊

話はそれるが、時たま、国立大学の教授などの、政府批判の発言や文を目にすることがある。考えてみると、これはおかしいのではないか。

これが民間会社だったら、どうか。酒場での上役批判ならべつだが、自社の営業を公然とけなし、給料はちゃんとくれでは、困った存在である。給料を上げろの要求ならわかるが、会社批判となると……。

自社をけなすようなやつの言は、信じてはいけない、だ。

私のような一納税者にとっては、政府というものは、巨大なひとつの組織に思える。国家公務員である教授に意見があれば、なんらかの方法で内閣まで具申すべきだろう。会社だったら、そうしている。採用にならなかったら、意見に欠点があるか、自己の説得力の不足である。

戦前の軍部のような、無茶な圧力はない時代なのだ。もちろん政府批判は必要だが、せめて私大に移ってやってほしい。読むほうだって、すっきりする。

＊

新聞で、ワリバシは木材の浪費で、なくせという主張をする人たちのあることを知った。なるほどと思う。しかし、新聞の朝夕刊を合わせると、ワリバシ何本分の木材パルプに相当するのだろう。チリ紙交換は、使用ずみのワリバシは受けとらないかな。

＊

紙といえば、現在の用紙の本では、百年ともたないという。それに耐える中性紙の本づくりの動きもあるらしい。しかし、百年間に一回も増刷、復刻されない本なら、たいした内容じゃないのではなかろうか。中性紙の用途は、日記帳ぐらいしか思い浮かばぬ。

貴重なる記録なら、マイクロフィルムのたぐいのほうがふさわしいようだ。フロッピーだって、性能はよくなるだろうし。図書館の倉庫も無限ではないし。

宇宙人

　夜の九時ごろ、町はずれの森のそばの家に住む男がテレビを見ていると、玄関にベルの音。立って戸をあけると、緑のマントの人物が立っていた。男は聞く。

「どなたです」

「つまり、あなたがたのいう宇宙人です」

「ふざけないでくれ。おかしなマントなど着て。どうせ、なにかのセールスだろう。どこから来たのだ」

「ですから、この星のそとから……」

「いいかげんにしないか」

　顔をしかめたが、相手は平然たるもの。

「少し前、テレビの画像が乱れ、一瞬の金属音がしませんでしたか」

「そういえば、だな。しかし、言葉がうますぎる。信じにくいな」

「そういう能力のない、一段と劣ったものであるべきだと、おきめになっているのですか。何十光年の空間を越えてきたのに」

「ばかにされているのか、たしなめられているのか、どっちなんだろう。妙な気分になってきたよ。いや、失礼した」

「ご信用いただけたようですね。奥さまやお子さまをお呼びになっても、かまいませんよ。宇宙人を見に来いって」

「まだ早い。医者を呼ばれかねないよ。そとを歩きながら話そう。とにかく面白そうな人だね」

男はサンダルをつっかけ、いっしょに散歩。相手はつぶやく。

「第一印象が、面白そうなとはねえ」

「まあ、いちおう、宇宙人だとみとめよう。なんで、わたしの家に来た」

「この星に着陸したのです。まず、知的な住民に会いたいわけですよ。それがたまたま、あなただったのです」

「話の筋は通っているんだがな。で、わたしに会って、どうするつもりだったのだ」

「じつはね、それを教えてもらおうと」

「なんだって」

驚く男に、相手は言う。

「なにを聞かれたいですか」

「急に言われても……」

「たとえばですよ、あなたが他の星へ行ったとする。親切で紳士的な住民と会ったとする。まず、なにを質問しますか」

「むずかしいね。政治や経済の体制かな」

「では、それにお答えを」

うながされたが、男はつまる。

「知らないよ。町役場につとめ、給料をもらって、日用品を買って生活している」

「役場って、行政機構の一端でしょう」

「そうだけどね」

「異性との関係について」

「おい、ぎょっとさせるな。なんで急に話題を変えた」

「だから、どんな順序ならいいのか……」

＊

才能が枯渇《こかつ》してはいないようだな。その気になれば、結末まで仕上げることだって、できそうだ。その気にならないだけのこと。いや、なるのを押さえているのだ。

いくらかの実績があると、どうにでも言える。いい発端だなあ。

休筆なるものをやってみて、視野がひろがった。四季のうつろい。自分の年齢の実感。社会の変化。働くとはなにか。生きているとはなんなのか。優雅だね。

欧米人の長い休暇を知り、なんたることと思ったこともあったが、日本人は、たしかに働きすぎだ。休暇中も、家庭サービスだとか、スポーツだとか、ビジネスの本を読むとか、休みとはいえないよ。

休筆というと、充電ですなと応じる人がいる。勉強しようという気分などない。あまり楽しいことじゃないものね。気に入った本だけ読み、ぼやっと空想してるだけ。名案が浮かんでくるといいのだが。

＊

近くの五反田《ごたんだ》に、ＵＦＯ資料館がある。先日、出かけていって、館長の荒井さん、研究家の南山さんと会った。日本で出版されたＵＦＯ関係の本がずらりで、大変な量である。それで、いまだに正体が不明。

「星さんは懐疑的だから困るな」

なんて言われる。Ｕ（アンアイデンティファイド）つまり未確認なのが魅力的なので、解明されたら、私は関心をなくすよ。

学者が発言しないのも、関係者の不満だ。

しかし、みとめるなんて言ったら、記者会見でやられるにきまっている。

「そうおっしゃるからには、宇宙人が乗ってるのですね」

「いや、そう断言は……」

「では、心霊現象か、幽霊かとでも」

「そうともいえません」

「みとめると言ったじゃないですか」

「ええ、UFOという現象のあることは、みとめざるをえないと思うのです」

「では、雲か飛行機を見ての錯覚……」

「そういう場合も、あるでしょうね」

「それでも学者ですか」

そうなるとわかっているから、黙っているのだ。そのくせ、宇宙人の乗り物と主張すると、変な目で見られる。虫の知らせのような現象の存在は、だれもがみとめる。しかし、どんなしくみでとなると、答えようがない。

＊

話はそれるが、ハワイでのレストランの支払いの時だ。トラベラーズチェックを出すと、アイデンティティーがどうのと言う。私を作家とみて、文学論でもやるつもりかと思ったら、身分証明のこと。ダイナース・カードを見せたら、OK。

中国なんかへ行って、しばらくアメリカへ行かなかったせいだ。とにかく、映画の題名もそうだが、外国語をカタカナにしたのが多すぎるよ。ありがたがる人もへったのでは。時には、あっという訳語を作る人は出ないものか。怠惰なんだね。

＊

本来は十二月八日も近いことだし、一九四〇年の東条英機暗殺計画の物語の構想を書こうと思っていた。命令者はヒトラー。

彼の当面の大問題は、ソ連相手の東部戦線。そんな時に日本がアメリカを攻撃し、ドイツの敵になられては困るのだ。

日本にいるスパイからの報告も、おかかえ占星術師の意見も、東条が首相になり、開戦しそうだ、である。殺してしまえ。永田軍務局長の時は、うまくいったではないか。

永田内閣が出現しての対米開戦は、未然に防いだ。

こんなのはどうかと、ドイツのジャパノロジストに冗談で言ったら、うなずいた。

「そうですよ。アメリカとやらず、ロシアを攻めてもらいたかった」

やはりね。しかし、独ソ不可侵条約なんかが成立し、日本はとまどっていたのだ。

長編になるぞ。しかし、十二月八日からあとの固有名詞を知る人は、へる一方なのだ。売れる部数だって、見当がつく。割の合わない題材だね。へたに熱中すると、命をちぢめかねない。

百科事典をひいたら、東条英機の次に鄧小平がのっていた。反党的な人物とされている。そういうものなのだ。

休筆すると、クールになるなあ。

ある殺人

その青年は、やつを殺してやりたいと思っていた。大学の先輩であり、ある件で、相談にのってもらったことがあった。

するとそれをきっかけに、時たまやってきて、金をせびる。適当に断わる時期を失したため、だらだらとつづいているのだ。

「ちょっと貸してくれや」

大金でなく、ないとは言えない額をしばしばというのだから、巧妙だ。いやな顔をすると、犯罪組織の名をちらつかせる。どうやら、やつは同様のお得意先を何人も持っているらしい。ひどいやつだ。

青年の殺意は、遊びに来ていた恋人をやつがくどきかけた時、本物となった。必ず殺すと。

つぎにやってきた時、青年は言った。

「たまには一杯どうです、先輩」

「悪くないなあ。そうこなくちゃいかん」

ウイスキーとグラスを出すと、そいつは飲みはじめた。青年は「氷もいるな」と言って立ちあがり、そばにたてかけてあったバットで、やつの頭をなぐりつけた。

しばらくして、青年は警察へ電話をした。

「いま、人を殺してしまいました」

パトカーが到着。青年は連行された。

こんな単純な殺人など、常識ある人間がやるわけない。青年は〝しばらくして〟のあいだに、一連の行為をしたのだ。

気を失って倒れているそいつの腕に、覚醒剤《かくせい》を注射したのだ。それから、もう一回、力一杯バットでなぐって息の根をとめる。用意しておいた刃物で自分の服を裂き、皮膚に少し傷をつけ、指紋をふきとって、そいつの手に握らせた。注射器にもやつの指紋を。

考えた上での脚本だった。供述はいつも同じだった。死体からは、覚醒剤が検出された。新聞やテレビは大きく報道した。

〈覚せい剤で大あばれ。青年、やむをえず自衛〉

反響は、計算どおり。暴走族が事故死すると大喜びする、善良な市民たちで構成されている社会だ。麻薬による被害者への、救済のない状態でもある。世論は青年に味方した。投書欄では、英雄あつかい。

警察も裁判所も、同じ思い。麻薬犯罪には手を焼いている。みせしめだ。世論にさからうこともあるまい。ごく軽い刑ですみ、執行猶予がついた。

青年は時の人。しかし、言うことは、しおらしい。

「自衛とはいえ、人を殺したのです。ひっそりと、反省の日々をすごすつもりです」

ある日、そいつの未亡人がやってきた。青年も、神妙にあいさつせざるをえない。

「申しわけありません。あの場合、思わずからだが動いて……」

「いいんですのよ。死んでくれて、ほっとしていますの。ひどい酒乱で、あたしなんか毎晩、なぐるけるの目にあわされてきましたの。あたしが、やってたかもしれませんわ。でも、覚醒剤とはねえ。警察では、刑事さんの喜ぶように相手をしておきましたけど……」

＊

出来はどうかな。いまいちだね。たくさん書いてきたけど、殺人描写はうまくなれずじまいだった。また、覚醒剤の入手方法がわからず、リアリティを欠く。問題は、そのあたりだね。

ここに、私に似て寝つきの悪い男がいたとする。ある人に紹介され、医者から薬をもらう。ごく弱い作用だが、医者はこう言う。

「強力な新薬です。必ずききます」

すっかりだまされ、効果もある。薬をもらいに行くたびに、医者は成分をへらし、ついにただの錠剤、プラシーボに変えてしまう。偽薬《ぎやく》とも訳されている。

そんなこととは知らない男、徐々に薬の量がふえ、中毒症状となる。

「量をふやして下さい」

「だめです。がまんなさい」

本物らしく答えなければならない。その口論のあげく、争って相手を傷つけたら、どうなるだろう。当人は、薬が切れると精神錯乱になると思い込んでいる。しかし、現実には、成分なしの錠剤。情状酌量になるだろうか。情状といったムードじゃないが。
＊

金属バット殺人事件というのがあった。犯人、極刑じゃないからいずれ社会へ戻ってくるのだろうが、この看板は一生ついてまわる。あいつがあの事件のと。

私は自分で野球をやらないので知らなかったが、持ちくらべてみると、木製ので金属のより重いのがあるようだ。

しかし、金属バットとなると、野球を知らぬ者にとっては、おそるべき凶器といったイメージを与える。こういうのを社会的制裁というのかもしれない。

この事件を知って、思ったものだ。

弁護士がある証人を法廷に呼び「被告には悪霊がついています。そのための犯行です」と言わせたら、どうなるだろう。ありえないことではないかもしれない。

このアイデア、前に書いたかな。

年齢とともに、忘れっぽくなる。その心配をしながら作品を書くのは、やっかいなことだ。エッセーとして片づけておけば、文句も来ないだろう。

＊

まもなく、お正月。元日には初もうでに行くことにしているのだが、有名なところの人出はすごいね。いかにも、ごりやくがありそうだ。

そんな各所で目にするのが「神をおそれよ」と書いたプラカードを持って、立っているやつだ。どうやら、キリスト教の関係者らしい。

元日ということもあろうが、私はつくづく、日本人の宗教への寛容さを感じる。イスラム教の聖地でこんなことをやったら、どうなる。

PR効果があると思ってるのだろうか。効果があるのなら、議員たちが並んで立っているよ。それをやらないのは、受けるのは反感と軽蔑《けいべつ》だけだからだ。

一方、ある時期になると、毎年のようにくりかえされるのが、靖国神社問題。どうのこうのと批判的なことを言うのが、キリスト者と称する連中。かくも、非寛容的な宗教なのか。

そんな発言をしたいのなら、まず元日の、あの変なやつらを自分たちの手でしまってからにしろ。私はそう思うし、これが日本人の平均的な反応ではなかろうか。もし神があるのなら、まずやつらに罰をだ。

だれか、やつらを徹底取材してみないものか。日当をくれるので、やってるのだろう。とても、宗教的使命感って表情じゃないよ。何重にも壁があって、むずかしいかもしれない。調べたら面白いと思うが、元日そうそう、そんな気分になれないというのが盲点なのだ。元日以外は、姿をあらわさぬ。

もしかしたら、キリストの評判を落そうとする、悪魔崇拝の一派かもしれないぞ。なにしろ、いまやなんでも起りかねない時代なのだ。

最後の電話

リーン。受話器を取る。

「はい」

「もしもし、最後の電話って、この番号でいいのですね」

「さようです。すると、あなたは……」

「決心したのです。とめようとしても、むだですよ。苦心して手に入れた強力な毒薬が、そばにありますから」

「まあまあ、覚悟の上となれば、とめはしません。しかし、死を急ぐこともないでしょう。この世にもなにか、面白いことがあるのじゃないか、考えてみませんか」

「だめだ。女性にもてない。こんどこそはという思いも、相手に通じなかった」

「そう簡単にあきらめることも……」

「つづけざま、三人にだ。金の力でといっても、安い給料。サラ金から借りて使ったが、うまくいかなかった。返済できないので、利息がふくれあがり……」

「しかし、死ぬなんて……」

「取り立てがきびしいので、逃げつづけ。名案と思い、整形手術で顔を変えた。その代金を少し待ってくれと言ったら、医者め、暴力団のやつらにたのみやがった」

「だからといって、早まっては……」

「じゃあ、その先を話すか。手術のあとが、順調でない。手当てすればいいのだろうが、そんなわけで医者にかかれない。もう、ひどい顔だ。こうなっては、女性も同情はしてくれても、好きになってはくれない。仕事にありつけるはずもない」

「まあまあ、あなただって、社会のために役立つことが出来るはずです」

「あるもんか。だからこそ死ぬんだ……」

その時、ドアを破り、人びとが飛び込む音。電話で、自殺志願の男に代っての声。

「逆探知でかけつけるのが、まにあいました。麻酔ガスでおとなしくさせました。ひどい顔ですが、あとは問題もないようです。では、臓器を待っている病院へ回ります。以上、報告おわり」

＊

いまでは、現実すれすれの話だね。日本ではこの議論がおくれているから、SFめいているけど。しかし、いつまでも知らん顔でいられるものか。死刑囚のは、利用して当然ではないか。人を殺しているのだから。

＊

ボランティアという行為は崇高だと思うし、大部分はいい人なのだろう。しかし、なかには無神経な人もいるのではないか。

各地の図書館から、目の不自由な人のための録音テープに、作品を使わせてほしいとの申し出がくる。この件に関して、私は文芸家協会に一任してあるので、そこを通じてにしてくれと答える。結果は承知というわけだが。

反対する気はない。いとこに、中年すぎて失明し、そのあげく交通事故死した者があり、他人事とは思えないし。

本来ならテープには、お色気ものや、アクション物のほうが喜ばれるのではないか。ラジオでは、かなり刺激的なのが流れている。

だが私の作品となると、情景描写の大はばな省略が特徴であり、適当かどうか、気になってならない。

また、目の不自由な人の出てくる作品は、除いてもらいたい。文章でも「目を丸くした」は「驚いた」に、視線を感じたなどは、別な表現になおしてもらいたいのだ。

文章を変えては著作権がと言う人もいようが、この件に関しては、著作権の犠牲の上になされているのだし、認められているのだ。執筆者の苦心を考えれば、朗読だってくふうがあっていいはずだ。本当に、聴く人の立場を思いやってなされているのだろうか。

＊

疑問なのである。いちいち数えてはいないが、これまでの承諾は数十件になるだろう。しかし、いまだかつて、礼状や事後報告は、ハガキ一枚、来たことがないのだ。利用者が喜んでいるのか、知りようがない。ひとの著作権をふみ台にして、ボランティア気分を味わっているのだろうか。無神経な人もいるとは思うが、こうも徹底的にとなると、異様である。

それがここへきて、やっとわかった。お役人仕事なのである。数日前、ある地方都市の教育委員会の係という若いのがやってきて、講演をたのむと言う。謝礼のあまりの安さに、地元企業の協力を得ればいい講師をそろえられるだろうと提案したら、民間の指図は受けないとのこと。

何十億円もかけてホールを作るが、ソフト面の費用は出し惜しむのだ。このお役人感覚には、あきれた。

そのあげく、テープ問題の推察もついたのだ。ここの図書館では、失明者用にもできるだけの用意をしてあります。ごらん下さい。で、そこにあるのが私の作品の録音。ベッドシーンや暴力も少いでしょう、というわけ。現実に利用されるかは、どうでもいいのだ。

＊

福祉の関係者、私のせまい見聞では、よくやっている人が大部分のようだ。しかし、むだに金が使われているのも、あるのではないか。税金は有効に使う体制を望む。テープへの朗読をするボランティアにいささかの不満を持ったが、それは消えた。お役所仕事、やってくれ、無料だでは、精神的にうんざりだろう。同情します。

＊

こうしてみると、気づかないでいることとって、けっこうあるものだね。そういえば、前から気になっていたのをひとつ。

ある年代以上の人は、列車内で駅弁をあけると、まず、フタの裏についたごはん粒を食べる。食料不足の体験のせいだとの説。さあ、どうかな。

私も食料不足時代を知っている。現在、あまり旅行をしないが、駅弁を買うことだってある。しかし、体重を気にしており、おかずを食べ、米飯は半分以上、もったいないとは感じても、残す。

それでも、食べはじめには、最初にフタの裏のごはんを口にする。でないと、容器の下にフタを当てにくいではないか。ごはん粒が底にくっつきかねない。

食べ終ったら、フタをもとのようにかぶせ、ハシをどこにはさむかは自由だが、ひもで結んで、ゴミの捨て口に入れる。途中で他人とすれちがっても、失礼はない。ごはん粒が外側についていることはないのだ。

これは手順の問題であり、説明の要もない常識と思っていた。ほかにベターな方法があるのなら、教えてもらいたい。簡単な詰め将棋のようなものではないか。あるいは、若い連中、とんでもない食べ方をしているのか。としたら、本人の頭か、親のしつけか、どっちかが悪いのだ。

だれが、空腹体験と結びつけたのだ。もっともらしい珍説ではあるがね。まあ、私だって、どこで世をまどわす珍説を出しているかわからないから、どうこう言えないけど。人間って、やっかいな生物ですな。

流行現象

ある男のところへ、電話がかかってくる。

「はい、はい」

「ご主人ですか」

「そうですが」

「奥さんのご帰宅は、まだでしょう」

「そういえば、しかし、なぜ……」

「外出先から、こちらへお連れしまして」

「いったい、あなたはどなたです」

「名前を申し上げるわけには……」

数秒のうちに、事情を知る。

「すると、誘拐《ゆうかい》……」

「さっとわかっていただいて、話がすすめやすくなった。では、交渉に入りますか」

「金だな。だめだ、金はない」

「派手な生活じゃありませんか」

「外見だけさ。それに、最近はワイフのほうが、かせぎがいい。本人から金の貸付け先か、品物の納入先を聞き出して、あなたが取り立てる以外にないよ。支払い能力のある人たちだし、正当な権利だ。こっちからも、電話しといてあげるから」

「冗談じゃないよ。身代金を手にするのに、そんなこと、やれるか。待ちかまえていた刑事に、すぐとっつかまる。金は亭主から取るのが筋だ」

「しかし、ないんだからね、金は。あればいいとは思うよ。まあ、好ましくない事態が発生しないと、どうにもならんな」

「変に気を持たせるな。話せよ」

「じつは、ワイフに巨額な生命保険がかけてある。旅行先で事故に会い、予想外の債権者が出てくると困るのでね」

「すごい話だな。うむ、どうだろう、手伝おうか」

「なんとも言いませんよ。殺人依頼したなんて、あとでゆすられたら、たまったものじゃない。一円だって払うものか。とにかく、すぐ警察へ連絡しておこう」

「なんてことだ……」

＊

この先、どう話を進めますかな。私の作風だと、保険加入が本当なのかどうか、ぼかしながら展開させる。ほとんどが会話という形がいいだろう。ラストはどうにでもなるが、私だったら、誘拐は夫人の狂言だったことにしそうだな。

書けば書けるだろう。短編に仕上げなさいよと、すすめる友人もいる。しかし、いまは小説を休業中なのだ。

また、このテーマ、時期がよくない。現在のわが国では、きわものか便乗と思われるにきまっている。事実、あれがなかったら、このアイデアを思いついたかどうか。たしかに、小説、とくに短編の書きにくい世の中になってしまっている。

＊

理屈を超越してひろまってしまったのに、血液型による性格判断がある。面白半分に楽しんでいるのかと思ったら、かなり本気で、かなりの人数が信じているらしい。早いとこ言ってしまえば、私はまるで信じていないのだ。そりゃあ、血液型というものがあることは知っている。

少年時代、戦争中だったため、けがの場合の輸血用に、各人が判定を受けた。自分がO型と知っている。輸血のしくみだと、O型は他の人に輸血できるが、受けるとなると、O型に限られる。AB型はその逆。

だから、O型が「割りが悪いな」とか「他人を助ける力が多いのだ」とか思い、AB型の人は恐縮する性格というあたりから話をはじめれば、いくらかはうなずく気分になれたかもしれない。

しかし、論理的でないのだ。原理なし。まず著名人の血液型を調べ、それに合せて分類を作りあげようとした。それらをすべてとり込もうとするから、あいまいなものとなる。

この人の場合は例外だと、言えないのだ。科学だと「例外のない法則はない」なんて、すなおにみとめる。つまり、血液型と性格の関連は、科学ではないのだ。

ある婦人雑誌から取材に来たので、私は信じないよと話したら、記事では「こう断固として反対するのは、O型の特色」と書かれた。A型のある男性アナウンサーは「こう分析的に疑うのはA型特有」と書かれた。

もう新興宗教の信者と同じで、議論が成立しない。学術的には、昭和十年代にある医学者が手をつけたが、結論なしで、中断になっていた。

それを知ってか知らずか、十数年前に能見さんが大衆化した。のぞき趣味かな。こんなに短期間に、かくも大流行するとは、予期しなかったことだろう。一種の天才であったことはまちがいない。

しかし、ご本人が死去され、ブレーキがきかなくなった今、なにか心配だ。ある企業では、社員採用の一条件にしているそうだが、社会問題ではないのか。

＊

情報洪水で、簡単に割り切る方法がない。そこで、こんなものをたよりにしたがるのだろう。また、日本人は単一民族というのも、ひとつの原因だろう。

欧米で血液型判断がはやっているとは聞かない。髪や目の色の差もある。人種や宗教のちがいのほうが、まず問題になるはずである。いくら血液型の相性がよくても、カソリック教徒とイスラム教徒の結婚は、なにかとむずかしいのではなかろうか。マリリン・モンローは、何型の男性とならよかったのか。

韓国《かんこく》では同姓では結婚できないと知り、ふしぎがる人も多いだろう。韓国の人が、日本人は血液型を聞いてから恋愛すると知ったら、同様にふしぎがるのかも。

人事異動の資料にされるのなら、血液型のプライバシーは守られるべきだということにならないか。

＊

それとも、こうなったらいっそのこと、手相や指紋まで登録することにするか。まず、国会議員、高額所得者、高級官僚、国立大学合格者あたりからはじめればいい。

二十年ほど前にある人が提案したが、賛同者は出なかった。しかし、世の中も変ったし、機器の性能も高まったのだ。私は手相も信じないが、なにかの役に立つかもしれない。レントゲン写真も登録しておけば、身元不明者もへるはずだ。なぜ血液型に限って、特別あつかいなのか。

＊

あるワクチンの認可のおそいのが、問題になっている。私にその良否はわからないが、副作用がないのなら、製造販売を許可していいのではなかろうか。患者もそれを望んでいるのならば。とくに高価でもないらしいし。

ほかの分野で変な商法をのさばらしておいてでは、バランスがとれない。

しかし、外国の富豪、有名人が日本に滞在して、この療法を受けているとのニュースを見ない。五人もいれば、強力な裏付けとなるだろうに。日本的体質にだけきくのかな。

＊

ついでだから日ごろの疑問を書いてしまうが、日本特有の家元制度なるものは、ネズミ講やマルチ商法に触れないのだろうか。系列化のなかで、金銭が動くのである。個が確立していないので、日本人がそういうのが好きなのかもしれない。血液型判断だって、そのあたりが支えているのだろう。

地下の問題

エジプトには、多くのピラミッドが遺跡として残っている。かつての権力者、王たちの墓なのである。

当然、その内部か下には、黄金の棺や副葬品が埋まっていなければならない。しかし、それはほとんど残っていないのだ。

ヨーロッパ列強の支配下で、学者たちによって持ち去られたのは、量的にごくわずかである。ピラミッドはただのみせかけで、現実の棺は別な場所に埋めたのだとの説もある。盗掘の技術に長じた集団があって、彼らによって持ち去られたともいわれている。

＊

王が大臣を呼んで言う。

「おまえはピラミッドの担当だ。どうだ、わたしの進行はどうだ」

「はい。順調にいっております。あと二年で完成いたしましょう」

「よろしい。わたしも、あと二年は生きられるだろう。とくに病気もないし」

うなずく王に、大臣は言う。

「もっともっと、長生きなさいましょう」

「そりゃあ、そのつもりだ。しかし、これだけ国家の威信を高め、みなの尊敬を受けた王だ。完成前に死んだりしてみろ。みっともないことだ」

「さようでございますな。すると、即位してまもなくなくなられた前例も……」

「あるさ。死を秘しておき、代理の王を派手に演出し、それが本物と思わせるようにしむける。疑問を持ちつづけるほど、物好きなやつはおらんよ。歴史記録も、適当につじつまをあわせる。エジプトでは、時間は悠久なのだ。よけいなことは、そのなかに消えてしまうよ」

「名案でございますな」

感心する大臣に、王はささやく。

「それより心配でならぬのは、黄金だよ。わたしの葬儀の時に、金ぴかの度合いが少ないと、いやなんだな」

「倉庫にないのですか」

「ほとんどないし、近隣の国からも入手しにくい。しかし、あるところには、あるのだ。それをやってくれ」

「ご命令とあればですが、どこにあるのでございますか」

「二代前、三代目の王のピラミッドのなかだよ。設計図は残っている。しろうとの手にはおえないが、盗掘の一味の連中なら、やり方をうけついでいる。図面を見せれば、うまくやる。それに、きわめて口が固い」

「すると、やつらは王家とつながっていたのですか。一挙に逮捕しようと思いましたが、しないでよかった。では、連絡をつけてきますか」

「謝礼の額もきまっている。世の中、すべて持ちつ持たれつだよ」

＊

といった仮説はどうだろう。

黄金が古代から人間にとって魅力的だったのはたしかだが、産出量はどうだったのだろう。砂金でいくらかすくった程度では、たかがしれている。強大な武力で攻め込んでも、ないものは奪えない。

エジプト、ヨーロッパ、中近東に金鉱の跡はあるのだろうか。現代の世界では、南アフリカ、シベリア、カナダあたりが主要な産地で、しかも近代技術を使ってである。古代の黄金は、どこでどれぐらい採取できたのだろう。たいした量ではあるまい。永久に展示するのならべつだが、葬式の時の飾りである。埋めっぱなしでなく、使いまわしを考え出したかもしれない。あのエジプト文明だ。中国古代の皇帝だって、死後に地下まで、大量の黄金を持っていこうとはしなかったようだ。

＊

日本にも各地に、古墳がある。純粋に学問的な興味からかどうかわからないが、そのすべてを発掘させせろとの主張の人もいるようだ。まあ、純粋な人なんだろうね。

しかし、世の中には、純粋な人をだますのを面白がる人だっているだろう。かりに私が江戸時代に生れ、家のそばに古墳らしきものがあり、お役人の警備もゆるやかだったとする。盗掘も考えるだろうが、小さな穴を掘り、ガラス細工でも入れ、埋めた上に松の苗でも植えてみたくなるだろう。

未来にどんなことが起るか、考えただけでも、楽しいではないか。退屈な人生も、内心は活性化する。夢というのはこういうものであって、掘ることしか知らぬというのはどうだろう。考え方の差だがね。

もうずいぶん昔になったが、大阪の万博の時に、タイムカプセルが埋められた。その発案者であるＳＦ仲間、なかでも最初に口にした私に、なんのあいさつなしにである。

それはかまわんのだが、よくもこう面白くもおかしくもない品々を選んだものだと、ばかばかしくなった。掘り出す人の心理など、まるで想像してないのだ。

アメリカでの、タイムカプセルの発生と歴史を調べようという気にも、ならなかったらしい。いまだったら、少しはましだろうが。

＊

先日、珍しく夢を見た。

アメリカ大統領の就任祝いに招待されたのだ。仮装パーティーがあり、私は大いに楽しんだ。そのうち気づくと、料理のたぐいは、ほとんどなくなっている。

帰ろうとすると、仮装した時にぬいだズボンがなくなっている。いくらかの金とカードが入っているので、困ったなあと思う。そして、なぜか古びた傘《かさ》を手にそこを出る。はかない代償として。

＊

もっとくわしく書けるが、つまらん話だね。読者もそう思うだろうし、私がすでにそうなのだ。正本ひろし氏の『夢日記』をはじめ、何冊かに目を通したが、なんの印象も残らない。日記よりはるかにプライベートなものだからかもしれない。

しかし、小説のなかで夢を巧妙に扱ったのを読むのは大好きである。名短編「夢の家」には感嘆する。A・モーロアの作とも、B・サーフの作ともいわれているが、このあいだ『イギリスの怪奇民話』を読んだら、その原型がのっていた。マスコミ発達前の作家は、楽だったようだな。

＊

何回も書くことだが、私は寝つきが悪い。あまり夢を見ないのは、就眠剤のせいらしい。不眠症についての本も、読みあきた。読んでなおった人がいるのだろうか。体験をふまえた人が書かないと、おざなりのものだ。

そこで、このあいだ思いついたのだが、睡眠用の目薬というものは出来ないものだろうか。薬品の作用によって、まぶたがしだいに重くなり、目をあけていようにも、そういかなくなる。本当に眠れてしまうのではないだろうか。もともと神経的なものなのだ。いかにも、うまくいきそうな気がするのだが。

経過

「つまらない。生きているのが、つくづくいやになった」

小さな飲み屋で中年の男がつぶやくのを、そばの老人が耳にして言う。

「そんなこと、軽々しく口にしてはいけませんよ。まだお若いのに」

「会社づとめが、いやになったのだ。といって、独立しようにも才能がない。くだらない日々の連続なのだ」

「家族もおありでしょう」

「口うるさいワイフと、非行ばかりやらかす、むすことがね。その生活費をかせぐために働き、そのためだけに生きている。いいことは、なにもない」

「うつ病のような性格ですな」

「なるべくして、なったのだ。ただのうつ病なら、なおるかもしれん。しかし、これはどうしようもない現実なのだ」

「心から、ご同情いたします」

老人に言われ、中年の男はうなずく。

「な、そう思うだろう。生きていても、しようがないのだ」

「でしたら、おとめはいたしません。しかし、このままではお気の毒だ。せめて、思い残すことのない上でに、させてあげたい」

「そんな方法があるのかね」

「ありますとも。どうせ死ぬのなら、もう会社へ行くこともない。家へ帰ることもない。さあ、ここの特製カクテルをぐっとやって、景気よくやりましょう」

「それもそうだ」

　老人とともに店を出る。少し歩いて、あるビルの地下に案内された。ドアをあけると、そのなかは、明るさと、はなやかさと、なまめかしさと、とろけるような音楽でみちていた。老人は言う。

「さあ、存分に楽しんで下さい。お望みのものは、みなそろっている。お金以外はね。そんなもの、もう不要のはずです。とりあえず、強壮剤でも一杯」

「すごい場所もあったものだ」

　そこで展開されたことは、みなさまの想像におまかせする。想像力の少ないかたのために書きそえると「無重力状態を味わいたい」も「女性としての性感を味わいたい」も、みなかなえられた。天才的な学者、大臣、大会社の社長の気分にもなれたのだ。

　丸一日たったろうか。さすがに眠くなると「もったいない、最後の楽しみです」と、なにか薬を注射された。頭が新鮮になり、とめどなく遊びつづけられた。「拳銃《けんじゅう》を乱射したい」というと、やらせてくれた。もっとも、特別な装置がついているのか、他人に命中はしなかった。

　さらに二十四時間。疲れはてて、崩《くず》れるように倒れる。

　気がつくと、ホテルのベッドの上にいる。そばのあの老人が話しかけてきた。

「満足なさったでしょう」

「おかげさまでね。普通の人生では、まあ、体験できないだろうな。しかし、あれを連日連夜となると、どうだろう。刺激を感じなくなるだろうね」

「そりゃあ、そうですよ」

「となると、むなしいものだね」

「心境の変化ですな。平凡でも働こうという気になりましたか」

「ならんね。豪華の極を見てしまうと、あくせく働く目標もなくなる。すべては無だ。こういう休息も、いいものだ。物ごころついて、休息をとった記憶もない」

「どうぞ、ご自由にお休み下さい」

男はまたも眠る。

つぎに目がさめると、やはりそばに老人がいた。男は言う。

「ついていてくれたのか。もっと気を楽にしたい。しゃべってしまおう。じつは若いころ、友人と共謀し、ある人から金をだましとったことがあった。大金というわけではないがね。しかし、さぞ不快に思ったことだろう。悪いことをしたと思っている」

「ざんげですな。ご立派です。ですが、その当人、それで利口になり、ひと財産を作ったかもしれませんせん」

「だといいがね。気がかりでならなかった。また眠るか。だれかが呼んでいるようだ」

男は眠る。花の咲く野原を歩いている。そう広くない川がある。むこう岸にいる人に呼ばれる。

「渡るかね。戻れなくなるが」

「戻ったとこで、しれてますよ。飛び越せばいいんでしょ。では……」

川を越えると、虹のような光に包まれ、話しかけられた。

「よくきたな……」

＊

出来はどうかな。あるバーでここまで話したら、そこのママが目を輝かした。

「そんな死に方は、いいわね。その安楽死の薬があったら、手に入れときたいわ」

すべて幻覚かもしれないわけだが。どうやら、需要はあるらしい。私も欲しいと思う。苦痛や後悔や未練のなかで死ぬのは、かなわんものね。「よくきたな」が当人の気分にぴったりなら、申しぶんないだろう。こういう薬を作って、なにが悪い。

この話を発展させるのは、むずかしい。このあいだも書いたことだ。

あるいは、話しかけてきたのが例の老人で、じつは悪魔。神との戦いに加われか。発想のもとがばれるね。昔の中近東で、青年にハシッシをのませ、快楽を体験させ、暗殺者に仕立てたのと同じパターンだ。

そうと気づかせない展開はあるかな。

＊

盲腸の手術の時、局部麻酔でいいのに、私は腹を切られると意識するのがいやで、全身麻酔にしてもらった。しかし、酒や睡眠薬になれているので、なかなかきかない。何種かの麻酔を使い、やっと気を失ったが、その寸前、みごとな花畑の幻覚を見た。

このあいだ、テレビの外国製番組で、死後の世界の紹介を見た。心臓死からよみがえった人たちの印象をもとに、構成したもの。花畑とか、光とか、門とか、共通点が多い。ただし病死や事故死に限ってで、自殺となると、恐怖の世界を通過させられるらしい。

＊

科学の進歩をもってすれば、こんな薬は可能ではないか。電子だ、宇宙だ、バイオだっていっても、いずれは死の問題だって研究対象になるはずだ。

そこでだ、本人の望んでの安楽死だが、自殺なのかどうかだ。川を越えたとたん、悪夢のような世界では、たまったものじゃない。

開発可能とは思うが、その中間段階では、人体実験を重ねなければならない。サルに幻覚を話せといっても、答えてはくれない。

途中でもとに戻されたら、廃人になってしまうかもしれない。なかには、いまいましいからと、うその報告をしてやれと思う人もいるだろう。話をこっちにしぼれば、中編になるかもしれない。

こんな、その経過を想像すると、一種の地獄図だろうな。人道上、許されぬと叫ぶだろう。そのくせ、いざ出来てしまうと、反対した連中だって、ぜひ使わせてくれと言うにきまっているのだ。

まあ、この身勝手なところが、人間の面白さなのだろう。ロボットじゃあ、なんてこともない。

情報

うつろな目をした男。ひとり、うずくまっている。ここは独房、そして、男は死刑囚なのだ。

足音が近づいてくる。ここの所長のだ。男の表情は、一瞬おびえる。しかし、その足音を聞きわけ、少しほっとする。執行の宣告かどうか、感じでわかるのだ。神経が敏感になっている。所長は独房の前で言う。

「死刑の廃止が、国会できまった。関心があるだろうから、いちおう知らせておく」

「あ、あ……」

その先は言葉にならない。顔つきに人間らしさが戻る。ゆっくりと息をつく。その夜、男はぐっすりと眠れた。なにやら、楽しい夢を見た。

つぎの日、所長が来て男に言う。

「どうだね、気分は」

「はい、申しぶんありません」

「それはよかった。悲しみに沈んでいては、話しにくい。きのう、死刑制度は廃止と言ったが、新聞をよく読んだら、それは今後の判決に限ってであって、さかのぼっては適用されない」

「な、なんと……」

息もとまらんばかり。絶望の世界へと、押し込められる。

何日かして、また所長が来て言う。

「死刑廃止のことだが、犯行日で区別するのは気の毒だとの意見が出て、これが国会できまった。知りたいだろうと思ってね」

「えっ、そ、それは……」

またも活気がよみがえってくる。生きていれば、なにかいいことはあるはずだ。英会話の初歩の本を読みはじめる。

一ヵ月ほどし、所長が告げる。

「いつかの話だが、国民投票にかけられた。身代金めあてに、子供をさらって殺したのは例外ときまった。国民感情だよ。抵抗できずに殺された子供、その親の悲しみ。それを思えば、当然だろうね。しかも、犯行が明白で、誤審もありえないとなるとね」

「う、う……」

男はがっくり。また、日がたつ。

「遺族の同情をえられれば、減刑の可能性があるという条件が加えられた」

反省をあらわそうと、ひたすら写経。しかし、一ヵ月たって所長が来て言う。

「被害者の遺族は、やはり許す気にならぬそうだ。二番目の子が生れたら、悲しみもうすれるかと思っていたが、一段と怒りが強くなったそうだ。そうかもしれぬね」

こうなったら、もう、頭がおかしくなるのではなかろうか。生きながら、死んでいるようなものだ。そのため、精神鑑定のあげく、執行は延期され、恐怖の終ることもないのだ。ざまみろ。

なんでこんな無情なことを書いたかというと、前回のデラックス安楽死のつづきである。それについて、疑問が出た。

「死刑囚にもそれを使うのは、どうかね」

もっともな意見であり、なにか代案はと考えたのが、これである。精神的に、かなり痛めつけたことになるのではないか。

死刑廃止論者がいる。しかし、支持者はふえない。その前に、すべきことがあるのではと思う。遺族に対しての、精神的、物質的ないたわりである。それをほっぽっておいてはね。

軽い刑で片づけたら、残された父親は、犯人の妻子を殺しかねない。イスラム教では、当然の権利。マフィアの発生なんかも、そんなところからかもしれない。

*

このあいだ、ある地方都市のはずれにある、大企業の研究所を見学した。そばが牧場と林という環境だが、内容の水準は高い。

そこの主任が、なにげなく話した。

「新聞を読まなくなりましてね。いいですよ。自由な時間がぐんとふえる。テレビ欄も見ないから、スイッチも入れない」

ちょっと驚いたが、こんな場所では、政局の裏話など、よそごとだろう。テレビのクイズ的な知識など、どうでもいいのだ。

そういえば、外国の研究所に在籍し、すぐれた業績をあげている日本人科学者も多い。彼らが日本の新聞や週刊誌をとり寄せて読み、録画ビデオを送ってもらって眺めているとは思えない。

「テレビもねえ、ラジオもねえ、新聞だってとどかねえ。散歩で会うのは、牛と木だ……」

そういう状態こそ、世界的な先端科学の頭脳にとって、最良なのだ。東京にいては、科学部門のノーベル賞はとれまい。

情報新時代だというが、どこかおかしい。本来は、いかに余分な情報を排除するかが、あるべき姿なのではなかろうか。出たがりの情報は流すな。

＊

マスコミなるものは、どれぐらい役に立っているのだろうか。たとえば、オリンピックのような場合。ある選手を声援し「期待の星」とか「日の丸を」とか「がんばれ」などと書きたてる。

そして、そのあと、どこも同じように「プレッシャーに負けた」と、もっともらしく報道。いったい、プレッシャーなるものを当人の肩にのせたのは、どこのどいつだ。なかには気になるのか「プレッシャーに耐えられぬ神経」などと、選手のせいにしてしまう。たちが悪い。

さっきの話の、囚人と所長のようなものだ。

マスコミ批判というのは、面白いね。三日やったら、やめられなくなりそうだ。日本人なるものを鏡にうつし、拡大したのがマスコミだろう。底には利益追求があるし。分析したら面白いだろうが、私には性格的にむいていない。

＊

どちらかというと、私は問題提出者のほうが合っている。つまり、先生だ。

「乞食《こじき》と先生は、三日やったら、やめられない」

古いたとえ言葉である。好意的じゃないね。乞食が怒るぞ。べつな呼び方に変えろとね。しかし、いまの若い人は、乞食を目にしたことがないのではないか。国内では。先生といえば、政治家、作家、医者を含む。まあ、仕方ないか。乞食も先生も、自己を高めるようつとめ、ムードを変えよう。

マスコミの無神経を、もうひとつ。

ある好ましくない傾向に、取締りがなされた場合、たいてい見出しは「……にオキュウ」となる。ハリ灸《きゅう》の関係者は抗議をすべきだ。大衆の誤解を助長し、不当な営業妨害である。第一、いたずらの罰にオキュウをされた体験者が現在いるのか。そのうち、中国からも文句がくるぞ。

＊

その中国では「先生」に、特別な尊敬の意味はない。肩書きのない人の名にくっつけるためだけである。だから私は、中国の人に手紙を出す時、相手の名に「様」をつける。日本語のわかる人だから、それでいいだろう。なお、ご存知の人も多いだろうが「手紙」は中国語だと、ティッシュのことである。

通信相手は私を「先生と呼んで喜ばない日本人」と察し、たぶん悩んだあげくだろう、封筒のあて名に「様」をつけてくる。これでいいのだろうか。中国では「様」に、なにかよからぬ連想がないとも限らぬ。今後は「さま」と書いてみるかな。

いやあ、情報伝達って、ほんとにやっかいなものですねえ。

本物

その男は、売れっ子のタレントだった。仕事のあいまにソファーでうとうとしていると、子供の声がした。

「あの、ちょっと……」

「起こさんでくれ」

「目をあけなくて、けっこうです。こんど、あなたにとりつかせていただいた霊魂なのです」

「ごくろうだね。なんでまた……」

「ぼく、あなたの水子《みずご》の霊なんですよ」

「………」

返答しなくなった男に、少年が言う。

「驚き、反省、後悔、恐怖でしょう」

「うるさいね。ハゲタカにつきまとわれてる、ゾンビーのような気分だ」

「どういう意味です」

「勝手に考えろ。忙しいんだ。ただのファンだろ。なれなれしくするな。本物の水子の霊なら、感謝しろ。少なくとも、霊魂にはなれたんだ。にせものだろう」

「うまくいきませんね」

「おれにとりついたって、いいことはないぜ。大衆というとてつもないものに、テレビを通じて精気を吸いとられつづきなんだ。あんたの相手など、してあげられん」

そこで目をあけて「夢か」とつぶやく。

＊

はじめ、死後の自分の霊が、タイムスリップで現在に戻り、自分の守護霊となるアイデアを思いついた。だが、似た話がありそうだ。前例はあるまいと、水子の霊にしたら、どうも筆が進まなくなった。こういうテーマは好かんのだ。

中絶について、供養の心を持つのはいいことと思うが、それを営業とするお寺の広告を見たりするとね。

中絶には賛成と反対があり、なかでも、初期の検査で重症児と判明した場合など、福祉費用の負担の問題もからみ、議論はつきない。中絶反対論者でも、子連れ心中には同情という人もいるだろう。

医学の進歩を祈るのみ。

＊

話は変るが、私は「子ども」という表記が好きになれぬ。感覚の問題である。私は子供と書き、コドモ、こどもには抵抗を感じない。これを少し考えてみる。

「ども」は複数を示すから、供という漢字は不適ということらしい。それなら、年少者がひとりなら、なんと呼ぶのか。入場料に「小人」と書いてあるのは、混同を避けるためかもしれない。

以下、私が座右《ざゆう》に置いて愛用している『岩波・国語辞典』による。

〈ども〉複数を表わす。者ども。人をさす語につける時は、目下《めした》の意とか見下す気持ちを含む。一人称の私どもは、へりくだった意を表わし、この場合は単数でも使う。

支配下ということなら、チビッコのほうが、まだましといえる。

その少し前には〈とも〉の項があり、友、伴、供の字があげられ、ともだち、なかまとある。供は共でもあり、子供と書くと、同列上という親しみがあるのではないか。

child が子供、children が子供たちで、訳文もすっきりする。〈ども〉が複数の意なら「子どもたち」の表記は、むだな重複である。

昔は多産短命が多かったから、複数形でよかったろうが、一家に平均二人以下で、個性の時代となると、十把《じっぱ》ひとからげではどうか。人生の一時期を共有する、パートナーあつかいのほうがふさわしいのではないか。

おみおつけは極端なていねい語かもしれぬが、おみそ汁《しる》からの変化と思ってる人も多いだろうし、そのほうが適切ではないか。

たくさんを沢山と書く人もいるし、表記は各人の自由である。しかし、私は「子ども」にはアレルギー反応を示す。だから「子ども」表記の出版社とは縁がないし、これからも同様だろう。

＊

突然ですが、訪問者があり、こう言う。

「警察の者だ。家宅捜索をする」

「なんのために」

「犯罪容疑にきまっている」

それを、入口で押しとどめる。

「勝手に入るな。侵入罪になるぞ」

「うるさい。ちゃんと、令状も用意してきた。この通りだ」

「判が押してあるな」

「正式の令状だからだ」

「なら、その印鑑証明を見せてくれ」

と住人に言われ、警官はつまる。

「そんなものは、いらぬのだ」

「見たいのだ。にせかもしれん。いろいろ、不祥事件が起ったりしてるからな。いいか、わたしの指は、非常ベルに触れている」

「まあ、待て。これが警察手帳だ」

それを目にして、住人が言う。

「はじめて見る。上等だな」

「本物だからだ」

「本物と強調するのが怪しい。わたしも、外交特権の証明書を持っている。しかし、読めんだろうな。外国で買った、おふざけオモチャだから」

「つまらん話はよせ。なかへ入るぞ。ベルを押したければ押せ」

その勢いで、住人はひるむ。

「問答無用ですな」

「さっきから大きな口をきいているが、あんた、ここの住人か。留守番かもしれん。つべこべ言う権利はない。それとも空巣《あきす》か」

「わたしの住居だ。なんなら、まだ有効なパスポートをお見せする。外務大臣の印が印刷されている」

「では、その印鑑証明をお持ちか。偽造のもよくあるぞ」

「どこへ行けば、もらえる」

「お札《さつ》に刷ってある、日銀総裁の印と、同じとこだろうよ。認証に使われる天皇の印鑑はべつだろうが」

「うむ。するとだ、外交文書に押された元首の印について、相手国から印鑑証明もと求められたら、どうするのかな」

「右は本物なりと書いて、元首の印を押せばいい」

「外国では、どうなっているんだろう。サインの証明となると。あとで、条約文にサインしたのはかえだまだった。あれは無効と通告されたら、どうなるのか。内容の覚書なんかの時も」

「わからんが、やっかいなことになりそうだな。あんた、ここに住んで、なにやってるんだ。スパイ小説でも書いてるのか。そう見せかけて、じつは本物のスパイだろう。だから、家宅捜索に来たのだ。こっちには拳銃《けんじゅう》があるのを忘れるな。これは本物だぞ」

「驚かさないで下さいよ。やましいことなんか、ありませんよ。パスポートでご不満なら、運転免許証がありますよ。警察官なら、見ればわかるでしょう」

「ところが、あんたは、こちらを警察官とみとめようとしない」

＊

調子に乗ると、筆が進むね。じっくり書けば、人間の存在とはなにかの、力作となる。文学賞がとれるかもしれん。いまさらだが。

しかし、その賞状の印鑑証明、どこでもらえるのだろう。お守り札《ふだ》の印と同じとこで扱ってるのかもしれぬ。

なにやらむなしさを感じる、きょうこのごろです。

国情

円盤状の物体が着陸し、なかから異星人が出てくる。彼らの持参した装置で、会話が可能となる。地球人側が言う。

「ようこそ。で、そちらの星は、どんなふうなのですか」

「ここと同じく、花咲き、鳥うたい……」

「しかし、地球はさまざまな問題をかかえています。その点は、どうなのです」

「さっぱりしたものです。現在は過去よりよく、未来は現在よりさらによくなる。当り前のことであり、確実ですよ」

　地球人側はうらやましがり、いくつかの質問のあと、ふと聞いてみる。

「住民はみな、あなたのような人ばかりなのですか」

「さあ。わたしはよく、おまえは珍しいぐらい、お人よしの楽天家といわれてますが」

＊

ＳＦには、よくある話。だが、似たようなことが自分に関連して起ると、べつだ。

先日、イタリアの週刊誌の記者が、通訳同伴でうちへ来た。科学万博の取材をかねての訪日らしい。日本についてはくわしくないようで「天皇とコンピューターと、どっちがありがたいか」など、妙なことばかり聞く。そのうち、こんな質問を出した。

「日本に生れてよかった点、悪かった点をあげて下さい……」

日本の現状について初歩的な説明をはじめたら、私を制して言った。

「そうじゃなく、個人的な意見を」

虚を突かれ、思わずしゃべってしまった。

「あなたは、うちへ来た。つまり、国際的に名が知られている作家というわけだ。それなのに、国内での評価はたいしたことがない。おかしな国だよ」

相手は喜んだ。うなずき「ユーモアのわかる人が少ないのですね」と、メモしていた。記事になるのかなあ。

その時を境に、私は思考の束縛のひとつが、はずれたような気分になった。それまでは、外国人相手だと、日本代表のような発言になってしまっていた。言論の自由な国なのに、無意識の規制をやっていたのだ。

テレビでカンボジア駐留の、ベトナム兵たちへのインタビューを放映していた。どれも同じような答え。終ったあと、ニュースキャスターが説明した。

「じつは、カメラのそばに、政治将校がつきっきりでしたので」

大国日本が警戒されるのは、模範答案的な話が多すぎるせいかもしれない。外国で、こう発言するやつがいてもいいのでは。

「おれは変り者あつかいされているが、輸入代金の払えぬ国からは、領土の一部をとりあげるべきだと思うんだ」

かえって、人間的ではなかろうか。

＊

五月五日から、たちまち月日が流れてしまったが、エッセーの題材なら、かまうこともあるまい。来年だってあることだし。

〈柱のキズはおととしの……〉

という歌だが、内容が理解できまいと、廃止になるらしい。はやらなくなっての自然消滅でなく、廃止とはね。文部省唱歌とは、そういうものか。

しかし、歌いやすいメロディーであり、私などは思い出もある。この曲のために、現代にも通用する新しい歌詞を募集するぐらいのことは、やってもいいのではないか。

カジ屋さんの歌詞も〈しばしもやまずに〉から〈休まず〉と変った。それなら、全面的な手なおしだっていいはずだ。文部大臣の英断を望む。名は後世に残るし、選挙だって当分は当確である。おやりになりませんか。

＊

このところ、なぜか葬式つづきである。昼間の告別式は寝おきがよくないので、多くはお通夜《つや》ですまさせていただく。

私の気づくのがおそかったのだろうが、このところ、お通夜をお寺でやるのが多くなった。自宅でといっても、核家族の時代だし、マンション内ではやりにくいのだろう。

三年前、叔父《おじ》が死去し、お寺でお通夜がなされた。神道だったはずなのだが、あとで遺族がささやいた。

「お寺のほうが、なにかと便利なので」

叔父もその息子も、開業医なのだ。なるほど、自宅でとなると、入院患者たちにいい影響はあるまい。

では、神道はどうしたらいいのか。大団地には、そのための集会所があるらしい。しかし、人は平均して死ぬわけでなく、死亡の多い日は、場所のとり合いとなるのかな。大団地でない場合はどうなる。神社の社務所でなんか、聞いたことがない。公的な建物では、夜は貸してはくれまい。パーティーではないから、ホテルもおことわりだろう。

調べておこう。亡父の葬儀が神式だったので、自分の場合はどうするかだ。よけいな心配するな、葬儀社がやってくれるよか。信者でもないのに教会で結婚式をあげる人もいる。お寺さん、お通夜ぐらい、一日仏教徒をみとめて下さいよ。あの世で、なにか埋め合せをするから。

　まさに日本的な話だね。あのイタリア人記者が聞いたら、さぞ驚くだろうな。

＊

　万博の政府館のトマトで有名になったが、テレビで水気耕栽培の知識を得て、考え込まされた。常識がくつがえった。

　トマトもキュウリも、枝がかくも伸び、かくも多くみのるとは。各地でなされているのだろうが、岡山県でその育成をやった社長さんの話によると、植物の生長をさまたげる大きな要因は、土だとのこと。

　土を使わないと、よく育ち、農薬もいらず、有機農業より、はるかに良好という。

　人間の寿命も、身近にあるまさかといった条件を除くと、ぐんと伸びるのかもしれない。しかし、清浄野菜ばかり食べていて、いいものか。少しの汚染が必要なのでは。

　有吉佐和子さんが生きていたら、感無量でしょうな。

＊

　少し前、アメリカの女性から手紙が来た。日本語が読めるらしく、日本の自然破壊を憂えている。どうやら、足尾事件のことを読み、有吉さんの『複合汚染』を読み、私の作品のなにかを読んだ上でのことらしい。

しかし、日本を航空機から眺めると、これだけ樹木の多い国はほかにあるまいと思う。農耕民族のせいか、心の底では自然との調和を念じている。

研究不足で申しわけないが、あの足尾事件。まさしく悲劇だが、日清戦争と時期が重なり、背に腹はかえられぬ事情もあったのではなかろうか。

そのアメリカ人の手紙で気づいたことだが、自然保護についての考えの差である。日本では木を切っても、あとで植樹すればいいとの考え方。アメリカでは、ある地域については、いっさい人間の手を加えないことが方針らしい。砂漠地帯を少しでも緑化しようなど、思ってもみないらしい。広大で、その必要もないのだろう。

しかけ

その男は三十歳ちょっとで、まあ平凡な人物。会社づとめだが、エリートではない。妻と二人で、マンションぐらし。

ある休日、男はクーラーのそばの、小さな装置に気づく。火災報知機らしく思えるが、どうも気になる。椅子《いす》に乗って調べると、どうやら盗聴器。コードはなく、電波となってどこかへ送られているらしい。受信しているのがだれなのか、見当もつかない。

不快きわまるが、こっちからは手の打ちようがない。こわしたぐらいでは、胸は晴れない。そこで、作戦をねる。

ある特定の日に、大金を持ち帰ることにする。金まわりがいいと見られていないから、紙に包んで棚の上にのせておいても、大丈夫だろう。家をあけたって、一晩ぐらいなら。わざと盗聴させ、待ちかまえる。まんまとわなにかかった近所の住人を、とっつかまえ警察へ。余罪も発覚。

苦心したのは、敵をあざむくには味方もで、奥さんまで本気にさせた点。芝居とさとられては、うまくいかない。

で、この話を友人にすると、面白いから小説にして雑誌の新人賞に応募してみたらと、すすめられる。そして、なんと受賞する。しかし、作家としての才能はない。どうしようかと考えながら歩いていると、知らない人に声をかけられる。

「ちょっと、お話しが。あなたは、あまり目立たぬ人だ。そこを利用し、内職をしてかせぐ気はありませんか」

書類を夜中にとどける仕事。変っているぞ。またも小説になりそうだ。おれは、作家になるために生れてきたのかもしれない。

筋の展開のためにと、封を巧妙にはがして、なかをのぞく。それをきっかけに、危険がじわじわと迫りはじめ……。

知りあった霊能者から、あなたには死んだ作家の霊がとりついていると、告げられる。

とりつかれて物語を書くのならいいが、その霊はとりついた上で、作中人物にしてしまうのだ。これまでも、何人か使いつぶしてしまっているらしい。

＊

その気になれば、短編になるね。

先日、吉行さん、阿刀田さんとの座談会で、物故作家の霊にとりつかれるテーマのことが、話題になった。いくつか例が出た。扱い方がちがえば、それでいいのだろう。

「しかし、とりついてもらいたい物故作家って、現実にだれかいますか」

と私が発言したりした。芥川にとりつかれても、芥川賞はとれまい。

それをもうひとつ飛躍させたらというのが、このストーリー。なぜか、つぎつぎと面白い体験をし、作家になる人間というアイデアは、前にメモしておいた。それが座談会によって、こんな形にまとまったというわけ。

話はしてみるものだ。多くの作家志望者、だれにも話さないから、ものにならないのではないだろうか。盗まれる心配など、しないこと。他人には、もとを考えついた人よりうまく仕上げることなど、できない。

＊

新幹線のなかの、ＰＲ紙、持ち帰ったのだが、なくしてしまった。だからこそ、頭にひっかかっているのだろう。

ある作詞家（思い出せなくて失礼）が、その苦労について書いていた。なにか言葉を思いつくと、外出先だろうが、飲み屋だろうが、すぐメモする。筆記具がなければ、マッチの燃えカスの黒い灰を使ってでも書く。

テレビを見ていたら、八代亜紀も、やはり作詞のため、それをやっているとのこと。歌詞のようなものは、用語の統計とコンピューターでの組合せで可能のようだが、とてもそうはいかないらしい。

作家をやっていると、そうだろうなあと思う。しかし、一般の人は、ふしぎがらないものだろうか。ひらめいた言葉が、メモする価値のあることを、どうやって気づくのかである。

つまり、そこが長い体験の上でということになるのだろう。あるところまでは教えられるが、それ以上となると感性の問題。

＊

このところ、悪徳商法がニュースになっている。好意的にみれば、最初は事業として成功させるつもりだったのが、途中からやけくそになったのではなかろうか。

三島由紀夫『青の時代』は、文庫で読めるだろうが、昭和二十年代、現実にあった光クラブをモデルにした作品である。高い利息で金を集め、それをさらに高い利息で貸しつける。理屈では、うまくゆくはずなのだ。しかし、ゆきづまり、社長の若い東大生は自殺した。

そのあと、保全経済会とか、西村金融とか、似たような倒産の例があった。

今回、おとしよりでだまされた人が多いらしいが、働きざかりの時に、それらをじかに見聞しているはずなのに、なぜなのか。被害とは、他人を狙うものと思い込んでるのか。

事情通によると、家族も及ばぬ親切さに、つい気を許したあげくらしい。日本人のひとのよさか。

フリードマンの短編「黒い天使たち」を連想した。早川書房の、その書名の本にある。別荘ぐらしの男ひとり。近所に住む四人組に、庭の手入れをたのむ。楽しく話し相手になりながら、仕事を片づける。

そのうち、手間賃の値上げの要求がつづく。つまり、話し相手料が含まれているというわけ。しかし、もはや中毒。ふっかけられるまま、値上げをみとめてしまう。

今回の被害者のなかに、逆手にとった人はいなかったのか。まもなく、補償金が入る、アメリカの親類が死にそうで、保険金が大きい。金を貸してくれ。出まかせで、だましつづけるのだ。むりかな。そんな才能があったら、とっくに作家になってるよか。

＊

「じつはね、このわたしも、ひっかかってね。やつら巧妙だよ」

話がとぎれると、そうつぶやくのだ。お気の毒だが、金の預り証など、紙くず同然だろう。私なら、百万円のを一枚千円でいくつか買いたい。そして、これだけ被害を受けたと、税務署へ申告したらどうだろう。確認しようにも、もとの帳簿は、とっくに燃やされているだろうし。

しかし、ここまで書いては、私に関しては、却下されるだろうな。世の中には、現実にそれをやるやつもいると思うが。

＊

そもそもは、政治が悪いのだ。インフレへの不安のせいだ。松下幸之助が「昔なら一《いっ》揆《き》だ」と言うほどの高率の税を取り、残った預金や株を監視し、インフレで目べりさせる。今回の加害者が「赤字国債を売ったのと同じだ」と言うかもしれぬぞ。

外国旅行をしての、国内持ち込みの非課税の限度。二十年前にくらべて物価は十倍になったのに、あの枠はそのまま。まあ、いまや時計など買って帰る人もないだろうが。

酒はべつとして、こんな枠を残しておいて外国製品を買おうだなんて、アメリカ政府が腹を立てるのも、むりないよ。

あつかいかた

ヒトラー最後の声が発見された。再生すると、こうなる。

……お笑いも、そろそろ幕のようだな。ね、面白かったでしょう。スリルもあったし。チャップリンの映画「独裁者」なんか、ただのおふざけさ。へたな物まね。こっちは、オリジナルだぜ。しかも、プラクティカル・ジョーク。虚実一体のスペクタクルだ。映画でしか笑えないなんて、気が小さいぞ。

そもそもは、その前の大戦のパロディのつもりだった。ゲッベルス君の演出で、うまく幕が上ったんだぜ。わかってた人も、いたはずだがね。アメリカなんか、対岸の火事と楽しんでいた。日本だって、中国大陸での戦争を忘れ、身を乗り出してきたぜ。

スターリン君もそうだった。両国の条約なんて、ブラック・ユーモアもいいところ。二人とも、内心では大笑いさ。日本から来た外交官のマツオカ君も、仲間に入れてくれと言った。

しかしね、ロシア人も日本人も、ユーモアのセンスがないね。あるのかもしれないが、支配者をからかう小話ていどさ。だんだん、やりかたがへたになる。ルーズベルトも、長期政権への欲を出しはじめた。

大ぜい死んだって。そりゃあ、本気でドタバタをやれば、けが人は出るし、主演者だって命がけさ。スタントマンなしだ。小手先の笑いとちがうのだ。

パイのぶつけ合いなら、笑えるって。ばかばかしく、むだな行為への熱中だからね。なら、それを極度に壮大なのにしたら、だめかね。こんなにもくだらぬことをと、あいた口がふさがらない感想を持たないかね。そして、このたぐいは、もうたくさんと。戦争なんて、理屈でやめさせようとしたって、むだだろうね。笑うべきむなしさという、感情に訴えなければ。

ちっとも、おかしくないって。そうかね。わしの才能の高さのせいかな。へたな役者がいたせいかな。じゃあ、このまま保存して、あと五十年して、また聞いてくれ……。

＊

思いがけない内容。

「おいおい、そのころ、テープ録音なんて、まだなかったはずだ」

そんな人も、映画ではヒトラーの演説を見ているのだ。声も入っていただろう。

精神科医たちが集まり、正気とみとめるべきか、異常とみとめるべきか、議論がつづく、異常となると、そういう人物の行為は批判できなくなる。やるなら、七人を殺したのなら無罪だが、けたがちがうと有罪という論理を、作り上げなくてはならなくなる。

とくに、笑いがからんでくると、ことはやっかいになる。パーチをはじめ兵隊漫画はあるが、戦争の本質というものは、お笑いにしてはいかんものらしい。せいぜい「博士の異常な愛情」か。なぜいけないのか。少しはわかる気もするが、ほどほどにしておくか。危険思想の二乗あつかいされ、あれこれ文句をつけられるかもしれないしね。

＊

しかし、実際はそんな心配などいらぬようだ。ヒトラーを知らぬ世代が、ふえてしまった。ヨーロッパで近親に被害者がいる人は、うらみも深いだろう。だが、この日本では「あの悪魔め」と悪意を抱いている人は、いないのだ。トルーマンに対してもだからね。なにした人だって。自分で調べろ。

＊

時事風俗の変化の早さぐらい、やっかいなことはない。石上三登志・今村昭両氏の共著の『ギャグ&ギャグ』をいただいた。各分野から集めた笑いのエッセンスを紹介しながら、持論を展開。面白い内容だ。

しかし、古典的なギャグは、その背景の説明をしなければならず、どこかもどかしく、やっかいなことである。

読みながら、プラクティカル・ジョークの大型なものはと、さっきのアイデアを思いついたわけ。連合軍がベルリンめがけて猛進撃中のシーン。木かげにヒトラーがプラカードを持って立っていて、それには「ドッキリカメラ大成功」と書いてある。私は面白いと思うんだけどね。不謹慎というのなら、どこまで控えればいいのかだ。

この本の最初のところに、私のしゃべったジョークがのっている。

〝あなたはガンだ。もうあと五十年しか生きられない〟

ほめていただいて恐縮だが、私もすっかり忘れていた。これをある女性に話したら、通じなかったそうだ。高級すぎるのかな。永久に若いつもりかも。

いまや私も、あと五十年と言われたくなったが、とてもむりだね。

＊

十五年も前になるか。地方都市のある少女から私に手紙が来た。ハイティーンだろう。ファンではあるのだが、普通のファンレターではない。じつは彼女、ガンと診断され、入院中とのこと。

胸のつまる思いだ。返信の書きようがない。現在なら、全快とまではいかなくても、治療によっては、かなりの延命が可能となった。これについては、さらに進歩するだろう。

しかし、十五年前だと「希望を捨てずに」では、おざなりの言葉にしかならない。やがて、また手紙がとどく、血液のある数値が書いてある。ガン関連のもの。

その次には、入院中のおねえさん（年上の同病の患者のこと）が、とうとう死亡したとある。自分もあとわずか……。

いまでも時たま思い出し、どうすればよかったのかと迷う。私は宗教心があついわけではないし、あつかったとしても、なにかの助けになれたとも思えない。

まったく、気になるね。それにしても、なんとひどい病院だ。病名を告げることの可否についての議論は、最近の問題である。十五年も前に、多感なる少女ともうひとりの女性に、先の長くないことを知らせてしまうとは。知らせるからには、なにか信念があってか。作家に手紙を出すらしいと知ったら、別に私になにかハガキをくれるべきだ。それに、ほかの患者のことも当人に話してしまうとは。それでも、人間か。サジストめ。手紙をなくしたのが残念だ。そこへ乗り込んでいって……

＊

となって、いやでもひとつの仮説が、頭のなかに浮かんできてしまう。ひょっとしたら、医師の娘かもしれぬ女の子に、私がうまくあしらわれたのかもしれない。そうとすれば、なんたる才能。すごいものです。やられました。立腹より、あっぱれというしかない。べつに当方は、実質的には被害を受けていないのだ。創作の上で、なにかの役に立ったともいえる。作家になるよう、すすめればよかったかな。その人、いま、この文をお読みかもしれませんな。

しかし、文面どおりだったのかもしれない。だったら、悲劇そのもの、心からおくやみ申し上げる。

さっきのジョークじゃないが、私は執筆以外のことは、あまりおぼえていない。この件をとりあげたのも、これがはじめて。くわしくは忘れたが、なぞとして残っている。好短編になる材料だったかな。

人生には、いろいろなことがありますなあ。

左だ

ぐでんぐでんの酔っ払いが、夜の道を歩いている。もうろうとした状態。すると、むこうから、だれかが来る。左へよけようとすると、そいつも同じ側へ寄る。では右へとなると、やはり同様。ついに、ぶつかってしまう。大きな鏡へ。

＊

つまらんアイデア。小ばなしとしても、面白くない。わかっているとも。しかし、なんでここに書いたかというと、日本に起りやすい現象ではないかと思ってだ。

細い道ですれちがう時、どちら側へよけたものか、かすかに頭を使う。統計をとったら、どっちが多いだろう。こんな混乱状態にあるのも、車は左、人は右という、むちゃな規制があるからだ。法律になっているのかどうかは、知らない。鉄の棒でも運んでいて、すれちがう時に相手を傷つけ、法廷での争いになればわかるだろう。

私たちの世代はよく知っているが、これは今に残る敗戦の後遺症なのである。戦争に負けて、アメリカの占領軍がやってきた。べつに指示されたわけでないのに、だれかが言い出したのだ。

「アメリカさま、おくれた私どもの国では、左側通行をやっております。民主主義の先生と同じく、右側通行にいたすべきですが、レールを走る車両の構造もあり、とりあえず人間だけを右側通行にいたさせます」

思い出すと、いやになるね。連合軍のなかには、英連邦もあったのだが、そんなのにかまってはいられなかったのだ。

車は左、人は右を、対面交通という。その説明はこうだ。これだと、むこうから車が来たのを早く知ることができ、人がよけやすい。いま、こんなこと言えますか。

歩行者軽視、車優先の思想なのである。当時はアメリカさまと同じく、お車さまといった感じの世の中だったのだ。車の数なんか知れていて、人とぶつかることなど、まあ計算に入れることはなかったのだが。

昔話は退屈だろうが、進駐軍の自動車は人がいないと信号無視で、どうなることかと内心は心配だった。

しかし、信号のない場所で横断しようと、道路に足をふみだしたとたん、米軍の車はきまってスピードを落し、ためらっていると、早く渡れと手で合図した。人間尊重。歩行者が車に注意する必要など、なかった。無意味な、おべっかだったのだ。日本特有の面従腹背。ここで、あらためて強調したい。

「早く、左に統一せよ」

政府に本気で右側通行に改める気がなかったのは、その後に作られた国鉄はすべて左というこことでわかる。新幹線も同じ。駅のつくりは、左側通行になっている。

駅にはよく「ここでは左側通行」との掲示がある。どこまでなのか。構内がそうなのか。駅ビルの名店街はどうなのか。駅からの地下道はどうなのか。どこかに「ここは右側通行」と書くほうがわかりやすい。

事情を考えなおそうではありませんか。

げんに、自転車が問題となっている。歩行者にとって、あんな危険なものはない。エンジンつきのは、バイクはと、手におえなくなっている。

＊

命も大事だが、健康のために、塩分をへらしている人も多いだろう。私だって、そうしている。カマボコなどには、無塩ショウ油を使っている。すでに、塩分がけっこう入っているのだ。おひまなかたは、食品成分の本をごらん下さい。わかりやすく書かれたのも、出ている。食卓塩も、Na（ナトリウム）分の少いのが売られている。

ついでながら、人工調味料もNaを含んでいて、食塩と同じである。そう多量にとるわけではないけど。正式名はグルタミン酸ソーダで、ソーダはNaの意味。なおサッカリンにも。

そんな盲点に入り込んでいるのが、重曹。重炭酸ソーダである。胃の薬には、それの入ったのがある。だから、塩分ひかえ目を心がけていても、重曹を常用していたら、意味はない。知らなかった、なら〈塩分とりすぎと同じ作用を及ぼします〉と箱に書くべきだ、などと言いたい人もいよう。

しかしね、薬ってものは、マイナス面をともないがちなものなのだ。胃の酸が多すぎた場合、重曹を飲むと中和され、と同時に炭酸ガスが発生する。その圧力で、早目に腸へ送り込み、胃の負担を軽くしているというわけらしい。

私も、家では無塩のトマトジュースを飲んでいる。なれれば同じだが、ものたりない人は、タバスコソースをたらせばいい。などというと、あの作用は強烈で、たらすと十円玉がぴかぴかになると恐れる人がいる。

五円玉に糸をつけて飲み込み、引っぱり出しても同じになるはずだ。胃の酸の作用でだ。大量でなければ、安心していい。

＊

こんなふうに書いてくると、ソーダ水を飲むのもひかえようと思う人もいよう。ソーダ水とは、炭酸ガスをとかした水。製造工程でソーダ化合物を使うため、このような名になったが、Naが入っているのではないから、その心配はいらない。

しかし、砂糖はかなり入ってるんだろうなあ。これも、とりすぎはよくないようだ。まったく、神経を使うね。

＊

外国へ行くと、日本車をはじめ、日本の商品の有名なのに驚く。また、ダンヒル、カルチェ、サン・ローランなどの、さまざまな商品を見る。

それなら、トヨタのラケットとか、アジノモトのネクタイとか、ホンダの香水とか、量産して売ったらどうだろう。少し頭のいい人なら、考えるはずだ。

その一例が、問題となった悪徳商法。社会的にも迷惑だ。法的に防ぎようがなかったのか。企業としても、まさかこうも世界的に伸びようとは、予想もしなかったということか。

財閥系列や有名デパート系列の名は、はば広く登録されているらしい。たとえば、ミツビシ。ほとんどの分野で登録され、エンピツだけが例外だったという話を聞いたことがある。

東南アジアの某国では、日本でなにかがはやりかけると、すばやくその名称を登録して、じっと待つ人がたくさんいるらしい。商品となって入ってきた時、その名を使うならと、金を要求するためである。少数だが、前例があったのだろう。

安くない登録料を払って、それを夢みるのは、ひとつの賭《か》けだ。どんな心境だろうな。オモチャの名として「トットちゃん」を登録し、いまにきっとこの名の人形が出ると期待する。しかし、可能性は薄れてゆく。がっかりだろうな。ここにも虚々実々がある。

日本国内ではかなり有名な、ある電気製品の愛称。アメリカでは、メーカーも品物もまったく同じなのに、その名がついていなかった。先に登録されていたのか、英語として響きがよくないのか、なにかわけがあってでしょうな。

販売機

家を出て、すぐの四つ辻に、その装置がある。広くゆきわたっていて、五分も歩けば、容易にそれを使える。そうでなかったら、不便だもの。

それは自動販売機。貨幣を入れて出てくるものは、守護霊。その日の用途によって、何種かのそれが選べるのだ。外出なら、交通安全の守護霊には、ついてもらったほうがいい。それに、商売繁盛とか、学業成就とか、恋愛順調とか、いろいろなのが入手できるのだ。バクチ必勝だけはない。

自信のあるかたは、むりにお買いになることもない。しかし、なにかいやなことが起っても知りませんよ、なのだ。

少しはなれた市に、友人をたずねて出かける。しかし、駅の改札口を出ようとする時、ブザーが鳴る。なにごとだ。声が流れる。

「あなたは、この市の地縛霊と相性のいい守護霊をお持ちでないようですね。お買いになっておいたほうがいい。販売機は、すぐ右です。わずかな手間と金を惜しんで、変なことになるより……」

うん、われながら、面白い出だしだね。その調子で、すっと終らせればいいのに。そうお思いのかたもあるだろう。しかし、頭を使う。やってごらんになるといい。

＊

自動販売機で買った守護霊の効用は、二十四時間しかない。戻ってしまうのだ。外出しない自家営業の人も、油断はできない。人工衛星の断片がどこへ落ちるかわからない世の中だ。商店でも、大量にまとめて買っておくと、お客だってふえる。

なんたる時代、不便きわまるとお感じだろうが、そのかわり、これは国営で、いかなる税金もゼロ。

減税にからめ、まあ、こんな結末なら、ご満足いただけるんじゃないかな。そこまで考えていて、なぜ仕上げない。そりゃあ、やってやれないことはないよ。しかし、オチを効果的にするには、伏線と構成にくふうがいる。子供用は半額。必勝の霊を二人が持ったらのパラドックスを、さりげなく除いておく。繁盛霊をたくさん買えばで、営業利益に関連させ、オチでうなずかせるとか。

以前、私は異様な発端の発想には苦しむが、ストーリーの展開はさほどでもないと言ったり書いたりしてきた。それは、逆だったのかもしれない。わからなくなってきた。

発想は頭、ストーリーは体力。そうなのかもしれない。作家になりたてのころは、体験も読書量も少ないから、無から有を思いつくのが大変である。それが、いつのまにか発想の手法が身についてきた。しかし、ストーリーづくりのエネルギーが落ちている。若さとは、へってみてはじめて、ありがたみがわかる。

なんでこんな文を書いたかというと、このところ年齢にあまり差のない、同業の人の死がつづくからである。むりはいけない。とくに短編は。守護霊のセット券を一ヵ月ぶんでも、持ってきての話ならべつだがね。

一年ぶりの中学のクラス会へ行ったら「いやに顔色がよくなったな」と言われた。執筆という作業が、いかにストレスを蓄積させるものか、あらためて知らされた。

＊

このあいだ、地方在住の無名の人から、掌編集が送られてきた。目を通す。内容が大人《おとな》むき、文体が童話調なのにひっかかった。まじめで、熱心で、いちおう水準作。「きびしいアドバイスを」との手紙がついていたので、私は「定職について、趣味でお書きなさい」と書き送った。三十前の青年が前途をまちがえるのを、黙視できない。まじめで熱心な、いちおうの水準作に、ファンがつくとは思えない。あくまでというのなら、現在のベストセラー小説を二十冊ほど読み、それ以上のを書ける自信を持った上でだ。

用件の手紙ならべつだが、こういう返事は書かないほうがいい。つい書きたくなるし、頭を使うし、時間もつぶすし、金にならない。ストレスも残る。感謝もされない。

作家への道もけわしい。歌手やプロ野球の選手と同じだ。最もなりにくいのは総理大臣だろうが、芦田均はまだしも、清浦奎吾となると、知らぬ人が大部分だ。むなしいものですねえ。

＊

散歩がてら、歩いて十五分ほどの大きめの書店に、久しぶりで入った。店主の判断か、文庫がアイウエオ順の作家別に配列されていた。話には聞いていたが、この目で見たのははじめてだ。

異様なものですな。文庫の背は、てんでんばらばら。伝統のある社のは落ち着いているが、新しく出たのには、けばけばしいのや、奇をてらったのがある。

それが、ごちゃまぜになっている。各社から文庫を出している作者のところなど、印象は混乱だけである。だれの、なんという本とめざした客はいいが、私のようになんとなくの客は、頭がくらくらする。

知名度の低い筆者たちの、外国関係の内容の文庫があり、これはさすがに別の棚にまとめてあった。ほっと一息で、二冊を買った。

はるか昔に見た、テレビ番組を思い出した。歌謡学院のルポで、そのラストの卒業式の風景である。ひとりずつ歌わせたら、時間がたりない。そこで全員を壇上にあげ、同一の曲を、同一の伴奏で、全員いっせいに独唱させたのだ。合唱ではないぞ。

それぞれが、照明をあびてるのは自分だけとばかり、大げさな身ぶり。面白うて、やがてかなしきという感想だった。

作家別の文庫配列も、それと同じ。話し合いで、最低限の調和ぐらいはなくてはならない。これでは、知的な文化の産物らしさがない。不快になる。いずれ、出版社別に戻るだろう。

調和などいっていられぬ。文庫戦争は激しいのだとの説もあろう。そういう対立意識があるのなら、なおさら、くっつけて並べるべきではないわけだ。

日経の文化欄で見たが、本を買う場合、作者名によってより、内容によっての率が、ぐっと高かった。当り前だろうな。

＊

新書判の野球ものなど、けっこう売れているらしい。私も二冊ほど読んだ。よくからかわれているのが、もと投手の金田さん。アナに「無死満塁、金田さん、どう処理します」と聞かれ、答えて「ここはもう、どーんといかなくては」

これが解説かである。しかし現役の時の金田投手は、怪物だった。まず三振、つぎを併殺ぐらい、その気になればやれたのだ。正直な答えではないか。

しろうとにわかる、ちまちまの説明が聞きたいのか。選ばれたプロたちが、名と給料を賭けているのだ。気力の争いだろう。

「宮本武蔵さん、いよいよ、眠狂四郎と座頭市の決戦ですね。どうなさいますか」

過去のデータを並べたら、お笑いだ。ゆっくりうなずき「どーんといかなくては」で、さすがはとなる。

私もそうするかな。ショートショートを書くこつは、と聞かれたら「どーんといかなくては」ですませる。それの通じる心がまえがなかったら、なにを話しても無意味である。

あれ

「おい、あれはどうなってる」

政府の高官が、秘書官に小声で聞く。

「あれは、変りありません」

「大丈夫だろうな。写真にでもとられると、やっかいだ」

「わかってます。写真にさえうつらなければ、どうにでもごまかせる世の中です」

「維持費のほうから、表ざたには……」

心配げな高官に、秘書官が答える。

「巧妙に操作してあります。なくては、ならないものなのでしょう」

「それはそうさ。ないと、わしの判断がにぶるおそれがある」

「でしょうね。そうそう、このあいだ、ちょっとですが、伊豆の下田へ。大臣が外国旅行中でしたので」

「無断では困るな。小型の船でもチャーターしたのか」

「自動車でですよ。船じゃかえって大げさでしょう」

「接触事故でも起してみろ。ことだ」

「ご心配はわかりますがね。あれって、あの件でしょう。お気に入りの……」

と秘書官は小指を立ててみせた。高官は声をつまらせる。

「おいおい、所有が秘密になっている、外国の軍事衛星の、電波分析装置について話してたのだぞ」

＊

落語の「こんにゃく問答」は、うまくできた話である。その現代的なバリエーションで、私のよりましなのを考えてみて下さい。

それにしても、暗号のあつかいはやっかいだ。緊張のあまり、かんちがいをしたら、ことだ。偶発戦争など、そんなことで発生するのではなかろうか。

あれといったふうにぼかすと、便利でもあり、不便でもある。

なんでこんなことを考えついたのかというと、池波正太郎さんの随筆で「女中さん」という語を編集者から変えるようにたのまれたとの話を読んだからだ。いつも時代物で書いてるのにと言うと、随筆では困るとのこと。仲居《なかい》ならいいというが、東京では使わない。困ってしまったそうだ。

家事の補助員ならまだしも、料亭のウエイトレスを、どう記述すればいいのだろう。私の少年時代には、日常的に使われていた。まして、少し年長の池波さんだ。世の移り変りを感じますな。

私も、以前の作品の文庫改版のゲラの手入れをしていると、編集者が念のためにと「気ちがい」の文字に、印をつけてくれていた。

使用禁止用語ではないが、マスコミでは、ほとんど使われなくなっている。

それが、あの異変のため、大新聞にもトラキチの文字がでかでかと印刷された。子供に「キチってなに」と聞かれたら、どう言えばいいのだ。「おとなになれば、わかります」だと、ますます意味ありげだ。

私の場合、表現を変えた。用語にこだわってではない。年少にして読みはじめる人が、わかりにくく感じてはと思ってだ。おとなに聞いて、そいつがトラキチだったりしたら、どうなるだろう。

べつに私は文豪ではないし、風俗小説作家でもないので、平然と直す。古典落語だって、手直しのつみ重ねで、つづいてきたのだ。落語の「寝床」の後半の筋とオチまで変えたのを聞いたが、こっちのほうが現代人むきかもしれない。

イギリス人が、日本人に言ったとか。

「あなたがたはいいよ、シェークスピア劇のせりふを現代調で聞けるから」

手入れをしていると「気ちがいに刃物」という文があった。通じにくいと困るし、自分でも刺激的すぎる気がする。

頭は使うためにある。少し文を加えて「鬼に金棒」とやったのだ。知ってる人にはパロディであり、知らない人は、それでもいいのだ。そのうち、これまで使用注意用語になるかな。なったらまた考えるさ。

しかし、金棒がわかるかな。金属バットか鉄パイプと思ってくれればいいのだが。

文の直しの話を続ける。なんと「胸をなでおろした」を「ほっとした」に変えたのだ。そんな動作を目にした人は、いないだろう。女性の胸をかと思う子供だっているだろう。文学的であるより、イメージの正しい伝達のほうを私は選ぶ。

「静寂の中で時をきざむ」時計は、古風な趣味の人しか持っていない。機会あるたびに直してゆくと、作品がしだいに民話的になってゆく。もう、いいの悪いの問題ではない。あるいは私が性格異常なのかな。

まじめな話、民話の発生を研究しようかと思っているのだが、こういう体験があると強いね。頭の硬い学者なんかになにがわかると、大論争だってやれるのだ。

＊

報道によると、社内誌でチビ、ブスと書かれた女性たちが名誉棄損で訴え、地裁がこれを認めたとのこと。勝ったと、テレビで記者会見をやっている。妙な神経だ。

有名な小話を連想する。

「被告の負け。ご婦人をブタと呼んではいけない」

「では裁判長。ブタを貴婦人と呼ぶのはどうでしょう」

「いっこうに、かまわない」

被告の男、原告の女にあいさつ。

「お美しいですね貴婦人さま」

品位と裁判は別ではないか。書いた側も、みずからの格を落としているのだ。これが判例となるなら、全国のチビッコたち、だまっていていいのか。ばかにされているのだぞ。訴えて「ガキ」と呼ばせるようにしよう。せっかく、シブがき隊が語感をよくしてくれたのだ。

こんな世の中では、風俗小説は消耗品になってしまう。だれか、少しは論じてもいいのに。あるいはもう手おくれなのか。

＊

折にふれて日本のキリスト者について考えているのだが、本人がそう思っているだけの人が多いのではないか。つまり、内村鑑三的な信仰である。個人として、純粋にキリスト教の神を信じていれば、教会も不要という考え方である。まさに日本的で、私なんかでも共感したくなる。

しかし、あるドイツ人と話したが、プロテスタントでも、教会に属し、年に一定の金額を税のように納入していないと、信者と認められないらしい。

安易に外国で「私はクリスチャン」と言うと、誤解されるのではないか。会話が進むと、無宗教と思われるか、神道の一派かと思われるかで。テレビを眺めてのトラキチのような、キリキチにすぎぬのではないかと言われ、反証を示せるかだ。

*

夜中に暴走族の走り回ることがある。ふと考えるのだが、二重窓メーカーの手先かもしれないと。そのメーカーの大株主が、オートバイ企業。疑うのはよくないことか、疑うことから進歩がはじまるのか。

海外の旅で

グアム

もともと頭が衰えかけているところへ、グアム島へ行ってきたのだから、さらにのんびりしてしまった。そのかわり、健康にはいいんでしょうなあ。なにしろ、ストレスがゼロなんだから。

新聞なしでも平気になった。千編目を書いてから、私はなるべく無為の時間をすごすようにしている。頭の解放である。しかし、なれるまで、日時を要した。ぼやっとしているのに、罪悪感を持ってしまう。

よく「日本人は働きすぎだ、休暇をもっととるべきだ」なんて文章を見かける。まあ、その通りなんだろうが、書いたご本人はどうなんだろう。せかせかと、外国のなにかの説を参考に、まとめた原稿ではないのか。

正論をストレートに書いたって、だれが従うものか。うん、ひとつ休んでみるか、という気にさせる文でなければ。コピーライターの爪《つめ》のアカでも飲ませたいね。

娘がパルコ主催のサーフィン大会で、プロにまざって三位となった。一位だと、オーストラリア。二位だと、ハワイ。三位はグアムへの航空券がもらえる。

しかし、グアムは、ウインドでないサーフィンには不適らしい。使わないというので、もらおうになった。あるセット旅行に組み込まれ、夜中にグアム着。こんな便があるとはね。成田から三時間。

大安《たいあん》三日後の月曜を狙《ねら》ったため、機内は珍しくすいていたが、それでも若い人たち、けっこう出かけるものだね。私はひとり、なにものと思われたかな。

半日の市内観光のほかは、ホテル・オークラから一歩も出ず、プールサイドの椅子《いす》にねそべったまま。あきると、二十メートルほど歩いて海浜へ。波ひとつない、おだやかさ。水はけっこう温かい。ほかのホテルだって、大差ないはずだ。

時どき、ビールを買って飲む。プルメリヤの白、ブーゲンビリアの赤、熱帯の花がほどほどに咲いている。風は意外とさわやか。前にも来たことがあるが、ここにはいつも夏がある。そして、ほかにたいしたものはない。

人間、とくに日本人に来てもらうために、存在しているのではないかという気になる。寒い時期に、また来たいね。ゲーテが詩の才能を示したのは、イタリアに遊んでからなのだ。関係ないか。

日本人にとって穴場だ。ハワイのワイキキ海岸の人ごみは、一回だけでいい。外貨なら、ここで使おう。あまり使いようもないが。この地を愛用している芸能人も多いとのこと。私はしないが、ゴルフ場もある。

ホテルの庭を歩いていたら、生垣《いけがき》ごしに、となりの妙な看板が見える。「吉士人の木寸ビーチバー&米斗王里」と、へたな字で横に書いてある。なんだこれは。考えてみて、木寸は村、米斗王里は料理とわかった。

欧米人の書く漢字は、ヘンとツクリのはなれるのが特徴だが、ひどすぎる。それに、吉士人とはなんだ。いくらグアム人でも、士人と自称するとも思えない。キッドでもないようだし、ついに、わからずじまい。なんのための看板だ。

上空をB52が、ある時間をおいて横切ってゆく。どこからどこへ巡回しているのか。この島にはポラリス潜水艦の基地もあるのだ。大量の核ミサイルが貯蔵されているのは確実である。

多くのホテルの玄関には、シェルターの英語とそのマークがかかげてある。しかし、若い旅行者たちには、防空壕《ぼうくうごう》とはなんなのか、わかるまい。私にもホテルのがどんなのか、見当もつかない。

危機についての、なんの実感もない。ひたすら平穏。ここの米軍指揮官、退屈のあまり頭がどうかなり、つい発射ボタンを押すかもしれないぞ。

軍事情況について私はよく知らないが、極東ソ連軍のベレンコ中尉の戦闘機ごとの亡命、大韓航空機の撃墜も、そのあたりの緊張のなさすぎが一因ではなかったか。

朝鮮半島の三十八度線のように、緊張しつづけのほうが、大きなまちがいは起りにくいのではないか。たぶん、東西ドイツの国境も。

ぜんぜん無縁な人は、殺しやすい。推理小説の被害者など、まさにそうだ。読者も深い悲しみに沈んだりはしない。架空の話だからだ。シベリアもグアムも、異次元のようなものかもしれぬ。よく考えると、なんとなくこわくなる。

市内観光の時、ガイドの人が、ポルノ店をのぞいてみたらとすすめる。買わなくてもいいのだからと。前まで行ってみたのだが、入口がどうにも陰気なムードで、入る気になれない。あっけらかんとしていたほうが、いいのではないか。営業感覚がない。

実弾をうてる店のあるのは聞いていたし、何軒もある。各種のピストルが使えるそうだ。自分用のを買って、その店にキープしておく人もあるとのこと。熱心なものだ。

戦前の中学生時代、射撃部員で、小銃の実弾をずいぶんうった。あのころ、いやな教師がいなくてよかったね。このとしになると、関心もない。

ちょうど、日本の海上自衛隊が来ていて、若い水兵さんがかなりいた。免税店などで、いっしょになった。そこを出て、何人かで射撃の店へ入っていったのがいた。

変な気分だね。日本の自衛隊は、拳銃《けんじゅう》のうち方を教えていないのか。好意的にみれば、ポルノ店に入りにくいのでか。しかし、普通だと命令でやらされることを、金を出してまでとも思えるのだが。

まったくグアム島には、寄るところがない。ホノルルのようにバスもなく、歩いてもつまらぬし、レンタカーを借りても、とくに行くあてもないのだ。

巨人軍の冬期練習用の野球場もあったが、近くになんにもない。休養のため十日ほど来るのならいいが、練習となるとね。ほかの時間、選手や報道関係者、なにをするのだ。どこか、アンバランスな島だ。印象がぼやけている。キャッチフレーズが作りにくい。ラッテ・ストーンという、キノコ形になるように、石柱上に丸い石をのせたのを集めた小公園がある。古代の住居の土台だったとか。地震はないのかと聞いたら、あるという。わからん。そういえば、日本の石どうろうも、地震ではあまり倒れないね。なにか関連があるのだろうか。

横井さんの話は、いまさらだ。

文庫本を何冊か持っていったが、手にもとらなかった。ただ、ひまがあればと、中国でやる文芸講演の草稿づくりの資料は、持参し、読みなおした。ひまは充分にあり、考えが少しまとまった。

戦後の日本で、なんと多くの小説が書かれたことか。これを簡略に論じようとするのだから、個人的な説もいいところ。グアム島にいるせいか、第三者的にクールなものとなった。とにかく、あともう一回、検討しなおす必要はあるだろうが。

時差

このあいだ銀座のバーで、若いドイツ人と知りあった。へたくそな英語でだが、酔っていたので、あれこれ質問した。並べてみる。

「ドイツ人は、南米からジャガイモが移植される前は、どんな野菜を食べていた」

「ドイツならではの製品に、ぬいぐるみのクマがあり、テディ・ベアと呼ぶが、テオドールの略か、エドワードの略か」

「第二次大戦で独仏は戦い、イタリアはドイツと同盟関係にあった。伊仏の国境での戦闘はどうだったのか」

なんと、すべて回答不能だった。

どうやら、ドイツ人は昔、野菜を食べなかったらしい。狩猟民族とは、そういうものなのかもしれない。エスキモー、モンゴル人の野菜づくりなんて、しっくりこないものね。ドイツ人はジャガイモと気が合ったのか。

おもちゃのクマ。アメリカの大統領シオドア（オランダ系なので、もとはテオドールだろう）・ルーズベルトがかわいがったためとの説が有力だ。しかし、彼がそれを買う時、なんと言ったかだ。「そのテディ・ベアはいくらか」では、おかしいものな。

第二次大戦の話。そのドイツ人は「若いから知らない」だった。私は、仏伊国境戦線の話は、読んだことがない。ずっと気にしつづけなのだが、いまだにわからぬ。戦わない話は、つまらないからか。

日本からの留学生に「トリイって、なんのシンボルか」とか「ゲイシャ・ガールと遊ぶには」と聞くようなものだろう。

とつぜんのことだが、ブラジルへ行くことになった。某所で抗マラリアの薬なるものをもらった。一週間ごとに一錠という、珍しい飲み方。説明の人いわく。

「食後服用です。時間も正確なほうがいい。きょうは月曜だが、これからは火曜の朝食後というふうに、きめておくといい」

午後の二時すぎだったので、すぐにソバを食べ、あとで服用。月曜昼食後を習慣にしようとしたわけだ。しかし考えてみると、日本との時差が十二時間。どういうことだ。

この薬は帰国後もしばらく飲みつづけるので、忘れぬようにとのためか。それならそうといってくれればだが、人間は理解すると忘れやすくなる性格なのかもしれない。

で、ブラジルだが、牛が多いため、彼らはよく肉を食う。日本人の三人前ほどを、勢いよくたいらげてしまう。もう壮観としかいいようがない。

さぞ痛風《つうふう》患者が多いだろうな。

その感想を口にしたが、そんな症状は聞かないとのこと。金持ち階級は、主に糖尿病になるという。

肉の食べすぎが痛風のもととばかり、思い込んでいた。どうなっているのだ。南半球では条件がちがうのか。痛風になる前に死んでしまうのか。そういえば狩猟民族の痛風って、聞かないぞ。新鮮でない肉を、美味に料理したのがよくないのかな。

サンパウロで、ヘビ専門の動物園を見た。みるからに毒々しいのや、毒がないのに毒々しいのや、保護色的に地味なのや、いろいろである。個性なんですかね。

とにかく、毒ヘビは、どうにも恐しい。血清《けっせい》はあるが、森でかみつかれた時、その毒ヘビ用のがなかったら、どうするのか。すべてに有効というのがあるのだろうか。

自分は毒を持たないが、毒ヘビを好んで食べるヘビもいる。これは益《えき》ヘビとでも呼ぶべきか。毒のピリッとするところがいいのだろうな。あるいは、中毒患者なのか。

戸外でも、動物園のサルのように、囲いのなかで放ち飼いされていた。各所に屋根つきの、すみかが作られている。ヘビは水を泳ぐが、雨はきらいなのだそうだ。俳句の「浜までは海女《あま》もみの借るしぐれかな」を思い出した。

開拓体験者によると、ヘビはそうこわがらなくてもいい相手とのこと。大きなヘビも、むこうが逃げてくれる。むしろ、赤ダニのような昆虫のほうがやっかいだそうだ。しかし、これもヘビにやられて死んだ人は「やはりこわい」とは話せないわけで、用心するに越したことはないのだろう。

会うことのできた日系の人たちは、みな安定した生活で、社会の貴重なにない手となっている。しかし、不幸にも志なかばに死去した人は、苦労話をすることができないのだ。

米作をしようと、湿地帯の開拓をはじめてみて、蚊《か》の媒介によるマラリアでやられた例も、かなりあったらしい。

治安の悪さは、何回も聞かされた。空港待合室で、酒が一本だけ入ったビニール袋を足元においたら、注意された。

体験談として、バーで飲んでたら強盗が入ってきて、客たちから金銭を奪った話。かっぱらいは、しょっちゅうとのこと。失業率の高さもあるが、教育の普及していないのも大きな原因らしい。

ひとつ、名案を出してみるか。

一見、貴重そうな小型バッグを、かっぱらわせる。そのなかに、もっともらしい箱が入っている。たぶん、あけてみるだろう。そのために、かっぱらってきたのだ。

とたんに大爆発。

悪人が確実に一人へる。警戒されないよう内密にやるが、いずれは、うわさとなってひろまるだろう。犯行も少しはへるのではないか。それぐらいは試みるべきだ。

かっぱらいたちは「箱に注意」と話しあうだろうが、外見を本にするとか、書類入れとか、変化をつければいい。やつらがさらに慎重になったら、かっぱらって二十秒後に爆発でもいい。どうせ、かけて逃げるのだから、こっちに被害はない。最後の手段は、リモコンでドカンという方法もある。

かつて読んだアメリカの短編がヒントである。ひったくりに何回もやられた老女が、頭にきて、手投げ弾をバッグに入れておく。ひったくられたとたんに、そのピンが抜けるのである。

新聞などでご存知のかたも多いだろうが、ブラジルには死刑制度がない。だから安心して犯罪ができるかというと、そうではない。何回も刑務所に送られてくるようなやつは、面倒みきれないと、釈放してしまう。

ただの釈放ではない。同時に警官の特別班が出動し、ひそかに射殺してしまうのである。そのため、すっきりしない釈放を申し渡されると、助けてくれと泣き叫ぶらしい。うそみたいだが、そんなことがあるらしい。明白な凶悪犯は、逮捕の時に抵抗したと、そこで射殺らしい。

社会というものは、どこかでバランスをとらねばならないようだ。

ブラジル

ブラジルは広大な国である。とてつもなく広い国。それが印象の大部分だ。サンパウロも大きな都市だ。高層ビルも数えきれぬほど建っている。しかし、どうってこともなく大きくなっただけで、焦点も統一もない。

古いビルはぬりかえればいいのにと思うが、それをやりそうにない。となりに新築があっても、知らん顔という感じ。

古い建物など平気でこわし、再開発してしまう。少しは保存すればいいのにと思うが、どうせ四百年の歴史だと、伝統への感覚がない。そこがアメリカとちがう。

そもそも市内観光に案内され、最も時間を費したのがヘビ専門の動物園なのだからな。こんな都市は、ほかにあるまい。

その点、リオ・デ・ジャネイロも大差ない。巨大なキリスト像のある山へ登れば、それで終り。コパカバーナという海岸の、波形の模様のついた歩道は映画やテレビで何回も見て、いくらかあこがれていた。しかし、現実に来てみて、そのはばが意外にせまいことを知った。ビキニ姿の女性だが、八月は冬で、まるで人かげがない。

リオはカーニバルが有名で、映画の「黒いオルフェ」は二回も見た。庶民たちは、この期間のために生きている。それ以外の長い日々は、準備と派手な衣装のために、わずかな収入ですごしている。そして、祭りの時に、エネルギーが一気に爆発する。

なんでそうなのか、理解に苦しんでいたが、行ってみて、いくらか察しがついた。カーニバルがなければ、なにを夢みて生きればいいのかだ。

ほかに面白いことは、ほとんどない。カーニバルだけが過去の思い出であり、未来の楽しみとなっている。そして、それは一年目には、確実に来るものなのだ。リオだけでなく、各都市で催されるそうだ。

日本の封建時代の農村の祭りも、それと同じようなものだったのではないか。それでも、四季の変化があるだけ、まだ退屈はしのげただろう。

仕事で、酒の飲めぬ熱帯の国に駐在している、日本企業の人がいたとする。何ヵ月ごとかに、酒と涼しさのある国へ行ける休暇があるとすれば、心中は想像がつく。

リオには、季節はずれの旅行者用に、サンバのショーをやる館がある。酒も出る。ピカピカ、ゴテゴテ、超大型に飾りたてたコスチューム。これが大挙して街へ進出したらと空想しながら、カーニバルの熱気と迫力の一端を見物した。

のんびりというか、刺激のなさというか、広さは人をそうしてしまう。バスで地方の農業地帯を通ったが、周囲の地平線まで、すべて作物という光景。人の姿はめったにみかけない。妙な気分になる。

このような国に、なぜ日本人が多く移民したのか、ふしぎでもある。それはつまり、一九二〇年代の終りぐらいまでは、日本も貧しい人がたくさんいたわけだ。サンパウロの日系人会館には、それらを写真で示した小博物館もある。移民史については、ここでは省略する。

ある日系人に、私は質問した。

「ブラジルという国は、食料の輸出国。鉱物資源はなんでもある。いったい、あとなにが不足なのですか」

日本で食べるソバは、ほとんどがブラジル産とか。最近はシイタケまで作りはじめた。自動車用のアルコールも、サトウキビからとっている。アマゾンの奥地では金が産出するが、アメリカから盗掘の連中が入りこんでいるそうだ。土地も人口も多い、もっとうまくいっていていいはずだ。

「必要なのは、生産技術です」

これが答えだったが、あとになって、それよりも政策だと気がついた。すなわち、この国には中産階級が存在しないのだ。とんでもない大金持ちと、貧しい一般大衆しかない。

南米最大の航空会社の便を利用したのだが、ファーストクラスのはずなのに、ある区間、エコノミーに回された。不平を言うと、同行者が、中間のクラスだと説明したが、どうみてもエコノミーと差がない。他の航空会社の広告でエグゼクティブ・クラスのシートを見るが、あれを期待して切符を買ったら、金を捨てるのと同じになる。

そんなことで私は、南米の人はファーストクラスとエコノミーしかなく、中間層という感覚がないのだと、すっとわかった。日系人ががんばって、それを形成しつつあるが、全体からみれば、わずかなものだ。

サンパウロの丘の上の高級住宅地を見ると、ガードマンが巡回し、防犯装置が完備し、高い塀のなかには犬がいるらしい。そして、そこに住んでいるのかというと、当人たちはヨーロッパあたりに遊びにいっているのだ。外国の銀行に金を預けておけば、インフレなんか、どこ吹く風だ。

高層ビルが多いのは、治安が悪いので、一戸建ての家に住みにくくなったためではなかろうか。こんなことでは、向上への努力をするのに、好ましい状況とはいえない。政治の改革は、容易ではなさそうだ。失業率の高いこともあるが、教育が普及していないのも、大きな要因らしい。

日系人は教育熱心で、その点、信用されている。日系の地方議員の人が、視察旅行をしてきたらしく、こう話した。

「この国は、オーストラリアに学ばなければなりません」

いろいろな説があるものだ。アングロサクソン系と、ラテン系の差か。天敵の多い地と、いない地との差か。日本人には判定しにくいことである。

また、こんな話も聞かされた。

「ポルトガル語はおだやかで、闘牛好きのスペイン語系とちがって、流血を好みません。だから、ブラジルには革命も戦争もない」

そういうものかな。キューバ革命、フォークランド戦争のアルゼンチンとは、ちがうのだ。かっぱらいはすれど、殺人はせずか。旅行者の断片的な知識だけでは、おかしな仮定を作り上げるのがせい一杯である。

ピラは魚、アニアは悪魔。ピラニアについても、こわい、さほどでもないの二説を聞かされた。いったい、この魚、いつもはなにを食べているのだろう。人や牛が川に入ることなど、めったにないはずだ。ワニにでもかみついているのだろうか。

ポルトガル語がまるでわからなくて、まいった。おぼえたのは「オブリガード」で「ありがとう」の意味、スペイン語と似ているというが、そうとも思えない。私なんかの世代は「アディオス・パンパ・ミア」など、スペイン語の歌になじんでいるのだ。

日系人たちに、私は日本の戦後四十年について話し「国際間の相互理解が、今後は一段と重要です」などと言ったが、その当人がブラジルについてどれだけ知っていたかとなると、不勉強を恥じるばかりだ。これから、本を読むぞ。

とにかく、いくらか思考の範囲が広くなった。

地方都市

ブラジルの地方都市、ロンドンリーナに来た。七月二十三日。サンパウロから飛行機で、北へ五十分。近いか遠いか、この国ではなにを基準にしたらいいのか。

午後の四時ごろ、市内を散歩。たぶんメインストリートに当るのだろうが、終日、歩行者天国で、街路樹が茂り、模様のある舗道。なかなかいいムード。同行のギタリスト、アントニオ古賀さんは、レコード楽器店で特色あるものをさがす。ゼロのむやみとついた紙幣。つまり超インフレなのだが、バーゲンの安売りをやっているのだから、へんな気分。

制服を着た若い女性が二人、並んで歩いている。婦人警官かと思ったが、案内の人の話だと、非公式のものとのこと。服のデザインもよく、美人である。ベレー帽。いっしょに写真に入ってもらった。いいなと思ったが、考えてみると昔でいえば自警団というわけで、そういうのが必要ということはとなってしまう。夜になっての外出は、やめたほうがよさそうだ。

もっとも、夕食後は講演会。日本の戦後から現在までを話した。この地の人は興味を持って聞いてくれた。通訳つきなので、実質的にはそうくわしいものではない。

翌二十四日。チャーターの小型バスにて、次の町へ移動。プレシデンテに到着、一時ごろ昼食。肉の塊を長い串《くし》にさして焼いた料理。その量たるや、驚くべきもの。米飯、甘ったるいコーヒーもつく。

そのあと、町を散歩。ほかにすることがないのだ。前日のより規模は小さいが、商店街がある。たいていの品物は揃っているし、銀行が何軒もある。広い農業地帯のなかの町とは、こういうものか。日系人のやっている、子供用品の店もあった。

腕時計のベルトがこわれていたので、新しいのをつけてもらった。高額紙幣を手ばなしたが、日本円にしたら、すごく安い。往復十分で、商店街は終り。パトロールの二人組をみかけたが、ここのは男性だった。あまりふとった人はいない。大量の食事をとっているらしいのだが。

こういう町へは、二度と来ることもあるまいと思う。しかし、感傷的にはならない。好天だし、空気も乾いている。温度もほどほど。ホテルへ戻り、ぼんやりと窓から眺める。日本との時差、十二時間か。

テレビをつけたが、アメリカTV映画のポルトガル語のフキカエ。コマーシャルも、なにかわからん。日本では、なにが起っているのだろうか。知ったことかだね。執筆しないでいいのは、のんびりする。国内じゃ、こうはいかない。取材して小説をなんて、さもしいことも考えない。

二十五日。またもバスで、ウムアラマへ移動。四時間の行程。あいも変らず、農村風景。つまり、大地に起伏がほとんどなく、前後左右、ほとんど麦畑。ところどころに牧場。牛がいる。人影はほとんどなし。たまに、そまつな家をみかける。広大。そして、のどか……。

かどうか。日本だと、農地は耕作者の所有と思って当然。しかし、外国ではどうか。ブラジルでは、一パーセントの人が四六パーセントの土地を所有しているとのこと。人がいても、それは小作人か農業労働者なのだ。

ヒッチハイカーがいても、乗せたらどうされるかわからぬ。町からはなれた商店など、集団で襲われ、品物を奪われることもあるという。治安に関しては、都市と同じく要警戒らしい。かなわんね。

ドライブインにて、またも肉料理。新鮮保証つきだ。そとで、バスのタイヤの部分を指さされ、このパイプはなぜついていると思うかと聞かれた。見当もつかぬ。なんとそれは、パンクをしても停車しないですむよう、空気を吹き込む装置なんですね。暗くなって、へたにとまったら、襲われかねない。それへの対策である。

日本のテレビ局がクイズ用に撮影したら面白いと思うが、ブラジル政府が文句をつけるだろう。農村の失業問題も、かなり重大らしい。それをこんな形で見せてはね。

出発前、ブラジルについてのテレビ映画を見た。PR的のだが、世界有数の武器輸出国とは知らなかった。失業者の吸収のためか。ありあまる食料生産のなかでの窮乏とは、私には想像もつかぬ。別な大陸のアフリカでは、飢《う》えながら武器を欲しがっている。考えさせられるが、結論は出ないのだ。

原生林が、各所に少しずつ残っている。鎮守の森といった感じ。かつてはそればかりの地帯で、林が焼かれて、このような農地になったのだなと知る。ジャングルらしさはないが、毒ヘビはいるのかもしれぬ。

ウムアラマ着。さらに小さな町だ。散歩でもとホテルを出たが、大通りのはじからはじまで、二百メートルあるかないかだ。いやに目につくのが歯医者。看板をなんとか解読したのだ。砂糖のとりすぎで、虫歯になるのだろう。いい職業のようだ。甘ったるいコーヒーはたくさんだと、私たちはそまつな店でビールを飲んだ。

家具店は、かなり立派である。必要品だし、さらに遠くまで買いにも行けない。皮製品の店に、拳銃《けんじゅう》のホルスターが並んでいた。これまた必要品なのだろう。毒ヘビとかのために。異国にいるのだなと思う。

荷馬車がとまっていた。古賀さん、それに乗って、写真におさまる。翌朝に早く起きた人の話だと、その馬車が一巡していたと。なにか道に落ちていないか、さがしながら。生活も楽じゃないらしい。

日系人は、わりと安定した生活のようだ。おたがい協力しなければならなかったのだろうし、それなりの成果をあげている。広い農場を買った人もいる。講演会には、車で何時間も走って来た人も多いとのこと。こういう催しも、顔合せの機会でもあるわけだ。

二十六日。車でゴイオエレへ。どのへんにいるのか、まるでわからん。バスまかせだ。例によって、例の光景。

まばらな林を抜けると、幻のごとく、近代的な建造物が出現した。巨大なアルコール工場である。オイルショック、つまり原油の値上りの時、車の燃料はアルコールでとの政策が進められたのだ。サトウキビをつんだトラックが出入りしている。近代的すぎ、あまり雇用《こよう》の拡大に役立っているとも思えぬ。

ガソリンスタンドで、アルコールを入れてくれる。飲もうとする人はいないのかな。原油は値下りし、どうなるんだろう。この国の人は、とくに酒ずきでないようだ。

着いた町は、ごく小さい。ホテルの部屋も小さく、あわれなもの。ひと晩ぐらいは、いい体験だ。商店街もなく、日系人の経営するスーパーがあるのみ。天井がなく、ブリキの屋根だけ。しかし、わりと広く、品物も豊富だった。日本食をごちそうになった。ほかには、バスのターミナルの建物が目立つ。そこには、けっこう人がいた。二日がかりぐらいで、サンパウロへ行き、職を求めるつもりの人たちか。苦労するのに。

翌二十七日、バスは走り、大きな滝で有名なイグアスに着く。いまや秘境ではなく、観光地。ホテルはいくつもあるし、日本からの旅行者も、けっこういる。

ブラジル農村の旅も、これで一段落。普通では、めったに行けぬし、そう行く気にもならない場所だろう。

さまざまな感想が頭に浮かび、消えていった。メモもとらなかった。そのうち、形を変えて思い出すだろう。いずれにせよ、これからは新聞でブラジルの記事を見て、ああそうかと、少しずつわかってゆくのだろう。

パラグアイ

南米では、パラグアイへも寄った。どこにあるのか、知らない人も多いだろう。内陸部である。この国とブラジル、アルゼンチンとが国境を接するところに、イグアスという巨大な滝がある。

もう、恐れ入るしかなかった。日本的な感覚だと、大きけりゃいいってものじゃないけど。

首都はアスンシオン。たまたま雨だったせいか、落ち着いた印象を受けた。近代的なホテルにとまった。部屋の窓にカーテンがかかっている。そとを眺めようと、のぞいてみて驚いた。そこで作業をしている。つまり、増築工事中というわけ。

この市には、日本の援助で作られた大きな造船所がある。海もないのにだが、そばを大きな川が流れていて、これはラプラタ川に合流し、南大西洋へ出る。船は、重要な輸送機関なのである。

日本の新聞にものったらしいが、この国の奥地には、北欧バイキングの文字と言葉がきざまれた、古い石の碑があるそうだ。私たちの会った元軍人にして政治家でもある人が、司令官時代に発見したという。

インディオのいいつたえにあり、調査に出かけたら、存在してたのだそうだ。アマゾン川からははなれた地方で、ラプラタ川をさかのぼってとなる。ふしぎな話だ。解明を急がぬところがいい。

おいしい中華料理店があった。日系人の客が多く、繁盛しているようだ。材料をどうそろえているのか、わからぬ。調理場に、関係者以外は決して入れないとのこと。なにか、わけがあるのかな。

店名がSINORAMAだが、篠山紀信さんも知らないだろうな。漢字だと伍洲楼。そんな発音になるのだろうか。台湾と正式な国交を持つ、珍しい国。それでの利益もあるのだろう。この市内でキャビアも食べたが、どこからどう持ってきたのか。

官房長官は空席で、副官房長官は貫録のあるおばさん。何回も訪日していて、日本語のあいさつもする。日系人たちは、なにかとお世話になっている。実力者。そんなこともあり、短時間、大統領にお会いできた。なにかあいさつをで、私は言った。

「これからは、国際間の相互理解が大切です。作家ですから、帰ってPRします」

大統領は喜んだ。この国はきわめて親日的である。それを知ってもらいたいとのこと。ここで、その約束をはたすしだい。わざわざ出かけることもないが、近くをお通りの時は、お立ち寄り下さい。

南米では珍しく治安がいい。警官の数が多いせいもあるらしいが、人びとはそう暗い表情をしてない。治安のよさがどんなに貴重か、日本にいるとわかりにくい。

ペルーのリマで聞いた話だが、横から出てきたトラックが、前方をさえぎる。あわてて車をとめると、銃でおどかされて車外へ出され、車を強奪された例もあるとか。たまったものじゃない。もっとも、ここでは住宅より車のほうが高価なのだそうだ。

例外はあるが、カソリックの国は貧富の差が大きく、治安はよくないようだ。

インカ関係の博物館を見て、その色彩に感心したが、この分野の本はたくさんでており、ここでは省略する。

移住してまもない若い日本人から、UFO目撃の話を聞いた。夫妻で夜に車を走らせていると、空を光点が不規則に動く。山の下り道の料金所を過ぎると、道にそった電柱が、いっせいに強烈な音響と振動をおこし、やがてUFOは消えた。まさに「未知との遭遇《そうぐう》」。

なんなのか。わけがわからん。私はUFOの全面的肯定論者ではないが、こういう体験者の存在することは、すなおにみとめる。自動車を巻きあげようとしたなんて、茶化《ちゃか》したりはしない。

他星人説には疑問を持つが、私はUFO愛好者である。解明のできない現象があるというのは、いいことだと思うからだ。それは人類文明の進歩にとって必要であり、つまり需要である。それへの供給として、あっていいはずだ。これは新説らしいぞ。

VARIG航空の名の由来を知ろうとした。南の州の頭文字《かしらもじ》が入っているそうだが、ポルトガル語がらみで、簡単なものではなかった。

ペルー航空では、スリッパがわりに赤いくつ下をくれた。帰ってなにげなく洗濯機に入れたら、染料が出た。私はしばらく、ピンクの下着とワイシャツを着るはめになった。

面白い社会

南米の帰りに、ロサンゼルスに二泊した。時差の調整もかねてである。米本土に寄るのは久しぶりだ。

同行のO氏もすすめるし、彼の友人が車を持っているとのこと。いいですね。ロスなる都市は、このところ日本人にとって、ニューヨーク以上に有名だ。

ロス疑惑事件のためだ。ある男が夫人に巨額な生命保険をかけ、ここで殺したらしいという容疑。週刊誌が口火をきり、テレビのスキャンダル番組が連日のごとく報道し、その当人も再婚した夫人も調子に乗って出演し、視聴者は面白がった。

日本は平和だなあ。新聞で読んだが、イタリアのタクシーでその話をしたら、運転手に笑われたそうだ。こっちじゃ、ちっとも珍しくないことだと。

ロスと略すと、現地の人が不快がるとの説がある。loss であり、一理あるようだが、本当かな。日本人の発音だと ros だろう。使い分けられる人はLAと言うよ。からかわれたのだろう。フジヤーマなんて、日本じゃだれも使わない。

ニューオータニにチェックイン。うきうきするね。犯行に関連のあるホテルなのだ。私ですら、かくのごとし。

高層ビルがふえた。そばの日本人街も、きれいに再開発されていた。和食の店で、うどんを食べた。量の多さといったらない。日本での倍はあり、私は残した。白人の客が入ってきて、それを食べてる。ダイエットにいいと思ってるのだろうが、ふとるとしか思えないね。塩分も多いし。

東京に出来たため、ディズニーランドは行かなくてすむ。そのかわり、事件に関連の、ヤシの木が一本ある小さな駐車場を見物。見ないで帰ったら、お話にならぬ。

車で案内してくれた、N君のマンション。何回か泥棒に入られたそうだ。鍵《かぎ》がないと金網の入口が開かず、車は入れず、しかもガードマンがいるのにである。ガードマンが、泥棒とぐるの場合もあるそうだ。カードの普及した社会での泥棒とは、どういうつもりなのか。危険の割に、収穫は少いと思うが。

付属しているプールに、死体が浮いていたこともあったという。犯罪は多いらしい。あの疑惑事件、予期せぬ犯罪で殺されたのが真実だったら、どういうことになる。

このN君、きわめて優秀。UCLA（大学）を卒業したのだ。一般の人も、日本からの留学生も、入学したなかで卒業できるのは、ヒトケタのパーセントなのである。

この地で最も印象に残ったのは、マリーナ・デル・レイだった。ガイドブックにも小さくのってるだけだから、観光客もあまり来ていないのではないか。その名の通り、ヨットハーバー。きわめて広大。見物用の小型クルーズが出ており、それで入江をひとまわりした。一時間ちょっと。

マストつきのヨットもあり、エンジンつきの航海のできるのもある。白とブルーに統一され、びっしりと停泊している。六千隻以上とか。沿岸にはホテル、マンションが並んでいる。美しく、豪華である。

ただただ、感嘆。日米間の貿易不均衡が問題となっているが、アメリカの経済力のこのすごさ。一隻の価格だって、大変なものだろう。それに、維持費を考えたら、なまじの収入ではどうにもならぬ。

航行しているのを見かけない。夏の金曜の午後だというのに、使わないでいるとは。船内で宿泊なんて、けちなことをしている人もない。それをやるとなると、料金を支払わなければならないそうだが。

なんだかんだといっても、日本はまだまだ貧しいのだ。静かに並ぶヨットの群を眺めていると、ため息が出てくる。地中海にだって、ないのではないか。

すごい社会である。そりゃあ、泥棒もいるだろう。しかし、南米各国の貧富の差が極端で、中間層のまるでない社会を見てくると、考えさせられる。

親ゆずりの財産家もいるだろうが、多くは自分の才能によって金をもうけ、ヨットを買ったのだろう。それが可能なしくみの社会は、すばらしいものだ。ヨット以外でぜいたくをしている人もいよう。南米では、まあ無理といっていい。

日本でも、四十代ぐらいでの成功者もいないわけではない。しかし、その率はかなり低いだろう。ちゃちな別荘の所有者は多いが、ヨットの値段とはくらべものにならぬ。

社会がうまく機能していないのか、国民性なのか、論じていい点だろう。

クルーズの戻ったあたりの岸には、親しげな感じの木造の建物があり、なかは売店。私たちはアイスクリームを買った。みやげ物は、意外と単純なものばかり。ここの名を印刷したTシャツがあり、私は二つ買った。下の娘の名がマリナで、ちょうどいいだろうと思ってである。

ロスにこんな場所があるなど、少しも知らなかった。日程のつまった観光旅行には、むかないかもしれない。なお、ここは大富豪の故ハワード・ヒューズから買いとって、ヨットハーバーにしたのだという。わりと新しいものらしい。上には上というか、ヒューズという人は怪物だね。

帰国して地図で調べると、なんと国際空港のとなりである。ホテルからだと、けっこう離れてる気がしたが。となると、旅の途中、ロスで一泊なんて時、ここのホテルを利用するのも、いいのではなかろうか。

アメリカには、未知の部分がまだまだある一例だろう。

中国って、不思議な国だ

一九八五年八月十一日（日）

中国へ行く日である。

昼ごろ、予約しておいたハイヤーで成田へ。途中、激しい雨。すいている高速をぶっとばすので、はらはらした。空港では小降りになる。

ファーストクラス。話があった時に手配したら、普通席は売り切れだったのだ。どんな客が乗ってくるのかと見ていたら、来日した中国要人たちの一団で席が埋まった。私のとなりには背の高い青年。優秀な若手官僚かと思ったが、どうやら護衛みたいな地位らしい。忘れかけていた「大名旅行」という呼称が頭に浮かんだ。しかし、日本の高官だって同じだろう。

出発前。NHKのテレビで「外国人弁論大会」というのを見た。中国からの若い女性留学生がうまい日本語で話し、入賞者のひとりになった。こんな内容。

日本へ着いて、列車に乗ったら、となりの席の男が、靴をぬいだ。驚きました。しかし、滞在しているうちに、料理屋などではそのほうが気楽で親しめると、わかってきました。ひとつの習慣ですね。

日本人の住居の写真も見ずに来たのだろうか。だから、スチュワーデスがくばった布製のスリッパを手にした時、どうしたものかと迷った。見ていると、中国人たち、ためらいもなく靴をぬぎスリッパをはく。私もそうした。あの弁論は、なんだったのだ。

少し前の新聞には、中国に住む中国人の投書がのっていた。日本の小説を文学全集で読むうち「入浴場面」が多すぎて、いやになりましたと。文学全集に収録の小説で、入浴シーンの目立つのなど、あったろうか。

ほぼ同じころの新聞に、唐の皇帝が楊貴妃《ようきひ》のために作った温泉の浴槽がみつかったとあった。白居易《はっきょい》の詩「長恨歌《ちょうごんか》」の「温泉、水滑《みずなめ》らかにして凝脂《ぎょうし》を洗う」の、石でできたものらしい。これは入浴の描写ではないのか。

どういう人たちの国なのだ。

延着のはずが、北京に四十分も早く着いた。本来は上海経由なのだが、上海行きの客を次の便に回し、北京へ直行したのである。予想外のことをやるものだね。チベット地区を除き、日本との時差一時間で、全国同一。西のほうでは、どうしているのだろう。

入国して空港でぼんやりしていると、Mさんが現れた。今回の世話係である。三十代後半の人。日本へ留学したことがあり、私の家へも二回ほど来た。空港の食堂で軽く食べ、北京大学の寮に落ち着く。

外国からの講師などのためのもので、ツインベッド、バス、応接間つき。いちおう、ホテル風。夏休みのため、宿泊者は少ない。

ほかの日本人と、顔合わせをする。教育関係のT教授。産業関係のO助教授。歴史関係のK教授はあす到着。それに文学関係の私。この四人が、遼寧《りょうねい》大学日本研究所主催の、戦後日本四十年のシンポジウムに招待されたのだ。Mさんも、その研究所の人。

八月十二日（月）

食堂にて朝食。肉マンとギョーザの中間のようなもの。カユ。ちょっとした、おかず。

タクシーにて頤和園《いわえん》へ。有料の公園で、なかに大きな池がある。回廊、つまり屋根つきの道があり、その壁の絵が有名とか。

暑中休暇のせいか、大変な人出。人びとの会話を聞きわけ、Mさんはどの地方からの人か教えてくれた。

五年ほど前に来て以来である。なにが変ったかというと、美人のふえたこと。服もファッショナブルで、色とりどり。化粧品も普及したようだ。男性の服装もよくなったが、女性の変化はいちじるしい。スタイルもよくなった気がする。

「美人ですなあ」

するとMさん、写真に入ってくれるように交渉してくれた。女性二人、男性一人のグループだったが、快く同意してくれた。Mさんが、日本の作家だと、私の名を告げたらしい。そばにいた若者が、その人の作品なら読んだと、つぎは私が彼の写真におさまった。ここにも読者がいたとは。

そこを出て、円明園。清朝時代のヨーロッパ風の庭園だったが、第二次アヘン戦争で、英仏軍によって破壊され、ごく一部が廃虚となって残っている。夏草の茂るなかで、なにか感傷的なムードがある。見物人も少ない。中国人のアヘン戦争観を知りたいが、日本人が聞いちゃいかんのだろうな。

空港へK教授を迎えに寄り、そのあと友誼《ゆうぎ》商店へ。白人や黒人の客も多い。ここは外国人居住地区の近くなのだ。店の奥へ入ったら、食品のスーパーがあった。そもそもは小デパートといった感じで、前回にくらべサービスは格段によくなった。

　みやげ物、とくに買いたいものなし。ミネラル・ウォーターをさがしたが、なかった。寝酒は、お湯割りにするほかない。日本では水がただのことを、感謝せねばならぬ。

八月十三日（火）

　朝のうち、くもっている。T教授は哲学の会議があるとか、ほかの二人とともに、Mさんの案内で車で長城へ。

　着くと好天となる。ここも押すな押すなの人ごみ。前回にも見ているので、私は途中で休んで待つ。よく写真でごらんになるもの。紀元前二百年、全長六千キロと想像をふくらませて、はじめてすごいとわかる。

　そのあと、明《みん》の十三陵へ。清朝の前の時代の皇帝の墓地である。まずは昼食。Mさんが用件を片づけている時、K、O両氏と、少し話をした。お二人は、日本の軍国主義の復活を憂えている。私は、日本人は二度と同じ過ちはやるまいと思う。いまの若者たちが重武装をし、海を渡って大陸へ進攻するなど、考えられぬ。とにかく、意見をのべあうと、親しさをます。べつな形で、日本が他国と問題を起す可能性はあるだろうが。

　墓地とはいっても、スケールがちがう。階段で地下へおりるのだが、日本人旅行者が「エスカレーターをつけるべきだ」と、ねをあげるほど。たどりついた空間も広大だ。

当時のGNP以上の費用がかかったとは。ひとつ作るのならわかるが、十三人の皇帝それぞれが作った。そのため反乱が起り、明はほろびるが、日本人の感覚では理解できぬ。

湿気がすごく、汗でハンケチがびしょぬれ。だが、そとへ出ると、たちまち乾く。大学へ戻って、夕食。Mさん、珍しくビールを飲む。あす、居住する瀋陽（もとの奉天）へむかうためか。私も飲む。しかし、ひえてないビールって、別物ですな。

本日、自動車内のラジオのニュースで、Mさんが日航機の事故のことを聞き、知らせてくれた。くわしくは不明。

八月十四日（水）

早く起きるのになれた。好天。

北京市内の見学。まず天安門広場。写真でおなじみの、毛沢東の写真とスローガンのついている城門。前回には見なかった場所。その前にひろがる広場の、広いことといったらない。作家とは思えぬ文だね。

皇居前の松と芝生を取り除いて、コンクリでかためたら、こうなるか。モスクワの赤の広場なんか、この五パーセントもあるまい。

毛主席記念堂が、その一画にある。長い行列。旅行者は、途中から割り込ませてくれる。申しわけない気分だが、末尾に並べと言われるのなら、敬遠してしまうだろう。内部に大ホールがあり、毛主席の遺体がガラスの棺《ひつぎ》におさめて、安置されている。厳粛。

赤の広場のレーニン廟《びょう》はもっと小さいが、古くうすぐらく、それだけ神秘的だった。新しく明るいのも、それでいい。しかし、こういう思考は、よくわからぬ。ピラミッドや地下の大墓地の系列上のものか。日本人は、明治神宮のようなもののほうを好むのでは。この差異の説明は、容易ではあるまい。

そばに、革命歴史博物館もあった。反ファシスト勝利四十周年の、展覧会をやっていた。対日戦における蔣介石、米軍の役割りをみとめている点、以前より進んでいる。中央に漫画を集めて展示してあり、これには興味をひかれた。

記念堂、博物館と、立派な名目の建物が作られ、広場がせばまってゆく。広場には政治的激変をうながす魔力があり、ほどほどがいいと思う。

故宮（紫禁城宮殿）を見物。二度目だが、その壮大さは、ただただ驚くばかり。世界最大の建造物であろう。黄色く統一された瓦の屋根が美しい。O助教授に話す。

「日本の近代化に学ぶっていっても、こういうスケールの国民性の人に、どう教えたものだろうね」

なまじ形容詞を並べても、描写できぬ。次元がちがう。谷沢永一さんの本で読んだが、日本の古代支配層には、民を使って自己の宮殿を作る風習がなかったとのこと。目先の協力も重要だが、一方では、原始的な差から論じなおすことも、すべきではなかろうか。

長城飯店ホテルで、十九日の私の宿泊を予約。日本の新聞を何種か買い、日航の事故の詳報を知る。悲惨なり。

だれかが言うには、日航は発着の時刻を守ろうとするので、整備がおろそかになるとの説。そうかもしれぬ。

しかし、いずれにせよ、私たちはこれから空港へ行き、瀋陽への飛行機に乗るのだ。空港での日本人旅行者も、事故のことを話題にしていた。

乗り込んだのは、二十人用ぐらいの小型機。ソ連製の爆撃機だったそうだ。中国民航という空の交通機関は、空軍の管理下にあるという。だから、安全とのこと。機内で事故の新聞を読むのは、妙な気分だ。ジェットでないので、不時着はできそうだ。そう思って窓から下を見たら、山岳地帯がつづいている。

七時ごろ、瀋陽空港へ着。大雨である。遼寧大学日本研究所の金副所長を紹介される。大柄で笑顔をたやさぬ、日本語のうまいかたである。任所長はやせたかた。会話に関してはよくわからないが、やはりにこやか。

小型バスで大学へ。構内の外人講師用の宿舎へ。北京大学よりそまつだが、かなり広い。食堂へ行くが、雨で暗くて、よくわからない。歓迎夕食会。

Mさん、瀋陽ではここの食堂がいちばんおいしいと言っていた。ここに滞在中、朝昼晩と三食、けっこう食べた。米の飯も。この二十年ほど、なかったことである。東京の中華料理店のとちがって、家庭料理的な味つけであったせいだろう。原稿を書かないでよかったのも、もちろん一因だが。

宿舎の部屋へ戻って、Mさんとさらに飲む。彼もここへ帰って、ほっと一息といったところ。

八月十五日（木）

好天なり。市の中央部の会場のホテルへむかう。かつての繁華街らしいが、前の道がせまく、車の動きが悪い。古いが、八階ぐらいはある。前夜、ダンスパーティーが催されたとのこと。

さて、戦後日本四十年についての、学術討論会である。十時、講堂にて開会。あいさつ。つづいて紹介。日本からの四名、香港からのT博士はスマートな人だった。ひと区切りしてからの、記念撮影が珍しかった。一同を半円状に並ばせ、カメラを回転させる。ジーッという音。こんなの、はじめて見た。

昼食のため、大学へ戻る。弁当でいいのに、そういう発想はないらしい。なお、この大学の食堂には、かわいい少女が働いていた。某アイドル歌手のようなヘアスタイル。私の作品を訳本で読んだらしい。持参した、星型のイヤリングを進呈した。

午後、会場の会議室にて討論会。まず、三十代の男が、戦前の日本のファシズムがどうのこうのとしゃべった。通訳を介して聞いたのだが、これも儀式のうちか。

日本が軍国主義、膨張主義の道を突っ走ったことは、みとめざるをえない。しかし、ファシズムとなると、ぴんとこない。そう自省している日本人が、何人いるか。ファシズムを論じるには、自由と民主主義をふまえた上でないと、説得力がないのではないか。

あるいは、このほうがおだやかなので、好意的に使っているのか。

日本側の人たちも、それぞれの立場での現状の説明。ほかの人については略す。私は文学について話した。国内では発言させてくれる機会など、ないね。

そもそも、日本では自動車をはじめ、輸出製品については、相手国の気候風土、生活習慣、好み、規制、それらを調べぬいて製造する。便利さを加えているのだ。

しかし、日本の小説となると、べつ。充分な量の自給自足のマーケットが形成され、輸入はいくらかあるが、外国の読者のことを念頭に書く人は、ないといっていい。

それに、日本の小説は、私とごく少数の作家のを除いて、ほとんどが風俗小説である。その時代背景を知らなければ、理解しにくいし、面白さもわからない。年月とともに消えてゆくのが大部分である。

日本の小説は、読めたとしても、よさを知るのは容易でない。聞けば私の作品は二百編以上も訳され、この町の出版社で刊行した短編集は二十五万部も売れたとか。読後、あんな話なら自分にも書けるとお思いのかたもいようが、やってごらんになるといい。私のより高級な短編が日本にたくさんあるとお考えだろうが、どうですかね。だれかの個人短編集の訳が出ていますか。

日本の現代小説ほど、他国人に説明しにくいものはない。ドナルド・キーンさんも、古典にしか触れていない。

あとは、あしたの分科会で。

夜はこの地、遼寧省の省長さんの主催による夕食会。役所の応接室で。五十歳ぐらいの、貫録ある手腕家らしい人物。酒をすすめられる。洪水に話が及び、私は聞いた。

「木を植えたらどうでしょう」

「川の両岸に、植えています」

焦点がずれる。あとで地図を見てわかったことだが、ここの川の上流は他の省で、その植樹は管轄外ということらしい。植林は、近代化以上に重要だと思うのだがな。

戻って部屋に落ち着く。作業員らしいのが、今夜はお湯を出すと、熱心にパイプをいじっている。夜はおそいし、気の毒だ。すぐ眠るから無理することはないと、身ぶりで伝えようとしたが、努力をつづける。涙ぐましい。

感心したが、だめだと減給のせいかと、あとで気づく。治安がよく、ひったくりに注意しなくてよく、観光客が気軽でいられるのも、犯罪への刑が重いせいか。

廊下で声がするので頭を出したら、白人の男がいた。あいさつがわりに「日本のSF作家である」と言うと、彼の部屋に案内された。技術者のようで、科学の本が並べてあった。

シカゴのあるイリノイ州と、ここ遼寧省とはなにか関連があるらしく、経済や産業の指導に来ているとのこと。ＣＩＡかいと言いたいが、ここで変な冗談はやめておこう。本当だったら、ことだ。

八月十六日（金）

好天。前日につづいて会議。いくつかの論文発表を聞いたが、よくわからぬ。同行の学者のひとりに「学会って、どれも退屈なものですか」と聞いたら、こんなものですとのこと。せっかくきたのに。

午後は分科会。

日本の小説に関心のある人たちが集まる。通訳にたよろうとしたら、聞いてわかる者ばかりと言われ、その通りだった。若く優秀そうな人もいるが、五十歳以上の人が多い。日本研究家というより、日本語を使った世代というところか。

きのう話した自説について、リストを見ながらくわしく話した。獅子文六の『自由学校』は、戦後の焼け跡があってこそだ。経済復興とともに、小説も変る。推理小説の社会派とは、風俗小説の一分野で、時がたつとわかりにくくなる。三島由紀夫も、現実の事件にもとづいた作品が多い。

時代を超えて残るのは太宰治と山本周五郎ぐらいと思うが、翻訳したのを読んで面白いかどうか。

あと、小松左京、筒井康隆、井上ひさし、赤川次郎まで、ひとわたり解説した。どの程度わかってくれたかな。中国へ書物を送る運動があるらしいが、読んで面白がってくれるのだろうか。シャワーの描写にこだわるのかな。そんなことより、日本はファシズム化の道をたどってないぐらい、まず理解してもらいたいものだ。

中国の人の意見を聞きたかった。うながすと、こんな発言があった。

「石川達三の『生きている兵隊』は、戦争の実体をあばいているが、反戦小説としては不充分との説がある。どうでしょう」

戦後四十年のシンポジウムだぜ。リストを見ると、昭和十三年、中央公論にのり、すぐ発禁。それを現在の視点で論じるのはね。

「では、石川さんが、その小説を書かずに遊んでたほうがよかったのですか」

帰国して調べると、戦後まもなく、そんな批判の文を書いた評論家があったらしい。下劣なやつだね。こんな連中が、戦時中は軍に協力してたのだ。あの時代背景がわからない。ないと、この小説を書くのがいかに大変だったかもわからない。石川氏は有罪判決を受けたのだ。

どうやら、中国では、小説は政治と関係しているようだ。文革中には、その礼賛がいい小説。いまでは、文革批判がいい小説。そういう評価ではね。

「そんなじゃ、後世に残る作品は、うまれないでしょう」

私の作品を読んでいる人が多く、内心では同感の人が大部分だったのではないか。口に出しては危険なのかもしれないが。日本の作品の場合は、時事風俗とともに消えるので、似たようなものか。

そのうち、この国の人たちは、読書も中華感覚でやっているらしいと気づく。石川氏の作品もそうだが、井上靖氏の西域物も、この国を舞台に外国人が書いた小説だから読まれているのだ。日本では、はるか昔のエキゾチックなムードが好かれているのだが。日本人が外国の翻訳を読む場合、自分をその作品の舞台に近づけている。O・ヘンリーの短編も、たぶんこうかなと、古きニューヨークを頭に描いているのだ。

まだお会いしてないが、上海に日本語のうまい人がいる。私の作品をいくつか訳し、のった雑誌を送ってくれる。ある時、立派な書を送ってきた。表装して壁にかけようとして驚いた。床にとどいて、まだあまる。日本語にはくわしいが、日本人は中国人と同じく天井の高い住居で暮していると思っているのだ。相互理解のむずかしさを実感した。

外国の都市は徐々に変化するが、日本ではほとんどがゼロから再出発した。敗戦によって、意識も変った。日本人はそれなりに悩み、苦労をしてきた。他国の人にとって、理解しにくいだろうな。日本としても、それを求める努力をおざなりにしてきた。私たち、そこがお人よしだ。これは大変な作業だよ。

中国の人にとって、日本の小説はとっつきやすそうで、そのため、よけいな横道にそれているのではないか。また、日本語のうまい人は、瀋陽あたりでは年配の人である。戦前の日本社会を、考えがちだろう。

正宗白鳥とか小林多喜二などを論じる人がいる。日本の一般の人は読まない。そのことを口にすると、

「歴史的な意義があるでしょう」

と言う。そうかもしれぬが、小説は小説である。歴史となると、日本の近代化のスタ

ートは明治維新で、そこが原点である。しかし、中国の人には、拒絶反応があるのだろうな。だったら、日本に学ぼうとせず、独自な道を歩むほうがいい。時代もちがうのだし。

人種的に似ていても、小さな島国と大陸とでは、異る部分も多いのだ。好奇心の度合いにおいても、かなりちがう。

まあ、私の作品を面白がるのだったら、共通する部分もあるのだろう。それをひろげる新しい書き手が出てくるといいと思う。作者自身には、自作を客観的に見ることがやりにくいのだ。

一段落し、鹿鳴春館にて、夕食会。私の本を出してた出版社の主催である。条約に加入していないので、印税は全くもらっていない。だから、今回のシンポジウムの費用に寄付があって当然だし、私もそんな気分で出かけてきたのだ。しかし、どうやらそうではないらしい。

よろしくありませんな。そのかわり、私も言いたいことが言える。中国の人は、日本に貸しがあるような気持ちがあるのではないか。それは、わかる。同じく私も、中国に貸しがある気分だぜ。ハードカバーが二十五万部も売れたということは、普通ならどうなのか。考えるなどというのは、むりだ。

もっとも、食事はうまく、酒も充分、楽しいひとときではありました。

八月十七日（土）

本日も討論会。前日の分科会の報告である。経済や歴史の会からの報告もあった。日本からの投資のものたりなさが、議題になったらしい。日本側は、政治の安定、法的な不備、などについて、指摘したらしい。金銭は感情では動かぬのだ。

総じて、この会は有意義だったが、討論の時間がもっと欲しかったというのが、日本側の感想である。対話のつみ重ねが、理解を進める。中国側の発言には枠があるのか。あるいは学会を兼ねて、時間不足となったのか。

閉会となり、記者会見。こんなことを私に言った人があった。

「反ファシズムの小説を書いて下さい」

冗談じゃないよ。

「軍国主義の小説は、決して書きません。未来の核戦争への警告小説を書いたのは、日本で私が最初でしょう。しかし、そう指図されてもね」

分科会でそばにいた人が、星さんは小説と政治をわけて考えていると補足してくれた。作家が国から給料をもらっている中国では、政治がらみにならざるをえないのだろうか。いかなる主義からも自由な発想、殺人描写をさける、ベッドシーンは安易と思う。この私の作風は、ファシズムに最も遠いのではないか。

夜、打ち上げの夕食会。ずいぶん飲んだ。

八月十八日（日）

起きて食事。飲み疲れだ。少し眠って原稿を書く。昨日、この地の新聞社からたのまれたのだ。午前中の見学を休ませてくれるのならと、引き受けた。

見学は、露天掘りの炭鉱。さほど興味はない。それと、旧日本軍の大量殺人の跡。楽しい気分に、なれそうにない。正当化するつもりは少しもないが、軍隊どうしの戦争から、一般人を巻き込んでの戦争への移行期のはじめの悲劇である。

たとえば、ベトナム戦争。銃撃してきたゲリラが、ある村に逃げ込む。乗り込んでも、だれがやったかわからない。といって、放任しておけば、またうたれる。好ましくない現象が起るのだ。レバノンしかり、アフガンしかり。ゲリラとテロに対策はあるのか。

内戦が大量の死者を出すのは、それが一因だろう。むずかしい問題である。作家は原稿用紙にむかうと、いろいろ考える。この時に書いた内容は、当りさわりのないものだが。

そういえば、きのうの記者会見で、こう聞かれた。

「この地への印象はどうですか」

「着いてから、大学と会場しか見ていませんよ」

日本のテレビでも、空港で外国人をつかまえ、よくこの質問をしている。ばかだね。

みなが戻り、昼食のあと、市内観光となる。乗るのは紅旗という高級車。O助教授が車好きで、この大学にそれがあると知り、ぜひ乗りたいと言い、それが実現したのだ。

夜中のお湯の作業員じゃないけど、しまっておいたのの手入れが大変だったのではないかな。

補助席があり、七人は乗れる。私は戦前のパッカードを知ってるので、さほど驚かぬが、とにかく大きく丈夫そうだ。ガソリンもかなり使いそうだ。

自由市場を見る。シャツ、肉、野菜など、いろいろある。卵が意外と高い。

この地の故宮は、紫禁城をずっと小形にしたようなもの。ヌルハチの名がよく出る。ふざけた響きだが、この地から出て、清朝を創建した偉大な人物である。中国の人も、家康は知らんでしょうな。

かすかに雨が降りはじめ、北陵という公園へ寄って、宿舎へ戻る。明朝、早くここを出発。

つまり、ここでの夕食は最後。料理の主任が出てきて、握手。本当にいい味だった。言葉を超えての友好だった。食堂の女の子とも握手した。

そのあと、宿舎の小ホールで、日本研究所の所長をはじめ、主な人たちと別れを惜しむ。ここで会った人たち、みな、じつにいい人ばかりだった。なごり惜しさで胸が一杯だ。もっといたいし、また訪れたい。

しかし、あとで考えがひろがるのだが、こういう人たちが、文化大革命の時に、なぜ激しい対立をしたかだ。その実体は、私にはよくわからぬ。殺し合いもあったらしい。質問しにくかった。私の自己規制のせいか。

個人レベルでは仲よくなれても、国家間となると、むずかしさが多いな。

八月十九日（月）

ついに瀋陽ともお別れだ。これから、何回も思い出すだろう。いやな印象は、ひとつもない。

雨。しっとりとした眺め。空港のビルも、朝の明るさのなかで、けっこう広い。簡単な食事をして、八時発、北京へ。途中、下に万里の長城が見えた。着くと晴天。

午後の日本への便がとれなかったので、私ひとり、シェラトン系の長城飯店ホテルへ自費でとまることにしたのだ。英語が通じるらしいので。

外見は超近代的で、中国らしさがない。新築なのできれいだが、料金は日本の倍以上。チェック・インし、やっとひえたビールにありつく。庭もすごい。ゆきすぎだよ。こんなのは、だれも望んでいない。

電話が鳴る。Mさんが用を片づけたあと、心配だからと寄ってくれたのだ。必要な会話の対訳を書いてくれる。彼はこれから、瀋陽へ帰るのだ。滞在中、心のこまかい世話をしてくれ、つきっきりだった。別れたくなく、話はすれど、内容はない。だまったままがいやなのだ。また、日本に来て下さい。

ひとりになり、シルクロードというレストランで、ステーキを注文。うまかったのは、フルーツ・サラダぐらい。大学の食堂がなつかしくなった。ここは立派で、静かな音楽を演奏しているが。

ウェイターが来て、英語で日本の人かと聞く。日本の女性客が何か言っているので、どうかしてほしいとのこと。三十歳ぐらいの婦人で、予約したのに、待たされてるとのこと。私が話して、なんとかなったようだ。

支払いとなって、内訳の下のほうを見ると、数字が書いてある。なんだと聞くと「サービス料」とのこと。私をわずらわせて、金を取るとは。

帰国してワイフにこぼすと、サービスされたことがないから、わからないのではないかとの説。そうかもしれぬな。瀋陽で感じたのは素朴さであり、サービスとは別種だったのだ。なにかで読んだが、サービスとは競争企業がないと成立しないものだそうだ。ものはためしとバーに入り、水割りを注文。ミズワリは、世界に通じるらしい。そばで白人がひとりで飲んでいたので、声をかけた。

「アメリカ人か」

「ドイツ人だ」

「観光か」

「そう。東京、京都、大阪から北京へ来た。これから、上海、広東、香港、バリ島、シンガポール、スイス経由で帰る」

パック旅行だが、すごいものだ。おたがい、四十年前はひどいものだったね。いまだに東西への分断は、同情にたえない。

明朝は早いからと、ほどほどに部屋に帰る。持参の目ざまし、部屋の目ざまし、モーニングコールと、三重の構え。

八月二十日（火）

六時に起き、朝食ぬきで、タクシーで空港へ。満席である。エコノミークラス。この中国人たち、日本へなんの用で行くのだろう。右の席は日本人の出張帰り、左の席は香港の人だったが。

かくして帰国。

紀行文を書きかけて、中国についてなにかわかったかとなると、ほとんどなしと気づく。会ったのはいい人たちだ、だけである。

すぐ訪れて来た編集者が「なにか起るらしい。井上靖さんの西域への招待が、理由もなしに延期になった」と言う。

しばらくして、北京大学その他での、反日デモ。これと関連があったのだろうか。政情が不安定のようだ。靖国問題がらみとの報道だが、それが原因なのか、結果なのか、その点になると不明。中国人の神の概念は、どうなのだろう。個人的な感想だが、靖国は、儒教の日本的変化かもしれない。これは国内で議論すべきことだ。

国際エコノミストの長谷川慶太郎氏の中国についての著書が出たので、読んでみた。工学部出身とかで、わかりやすく、クールだ。そのなかで教えられた点。中国人は敗戦した日本の、今日の自由と繁栄を快く思っていないという。日本のせいばかりではないが、日本人は弁明に遠慮がちになる。過去がらみの感じでだ。今日の繁栄の引金は、朝鮮動乱だが、論じる人はあまりいない。

日本では戦争を知らぬ世代が主流になり、テレビはシルクロードや料理など、中国をある視点からしかうつさない。マスコミは率直な意見を避けている。このままでは、相互理解は後退しかねない。おたがい、さらになぞの国になる一方である。オープンな議論をはじめるべきではなかろうか。

小松左京は黄河のテレビ取材をして帰り「容貌《ようぼう》がちがっていたら、もっとうまくいくのでは」と言い、賛成だった。どうも親近感が優先してしまう。

私は、かなり明快に自説をのべてきた。あれだけ訳されているのだから、いいかげんなことを言ったのではないと受けとめてくれたはずだ。いくらかでも役に立ってくれればいい。

現状のままでは、どうも心配である。

あとがき

小説をしばらく休むことにしたあと、昭和五十九年（一九八四）と六十年の二年のあいだに、エッセーのようなものを書いた。それらを集めたのが、本書である。身辺雑記のたぐいは、少ない。身辺で、書くほどのことが起ってくれないのだ。そういうのを軽視してきたので、いじわるをされているのかもしれない。性格のためか、探求心、発想の芽といったタイプのものが多くなった。この二つも、もとは同じ。読者の探求心を刺激するのが、小説の発想でもあるのだ。

筆のおもむくままに書けばいいのだが、理屈っぽさが残ってしまったようだ。それは、構成重視の短編を書いてきたせいだろう。

五十九年には、家族づれで、久しぶりにハワイへ出かけた。六十年には、ひとりでグアムへ、そのあと、ある団体に加わって南米へ、帰ってまもなく中国へ旅行した。いまさら旅行記でもないのだが、私なりのメモで、こんな感想を持った者もあるとの、なにかのご参考までに。

話は変るが、私はうまくないのに、亡父は講演が好きだった。その記憶が残っている。名調子ではないが、聴衆をひきつけるのがうまかった。どうとは、文章で説明できないが、印象に残っているのは、語尾に「ね」をつけたがったことだ。本書のゲラを読みなおし、その傾向が私にも現れはじめたようだと気づいた。そういうものらしいね。

昭和六十一年四月

あとがきのつづき（文庫収録に際して）

短編だと一応の完成があるが、エッセーだと時事風俗がからむので、あとでつけ加えたいことが出てくる。ロス疑惑事件など、あれだけの大さわぎだったのに、話題性が薄れた。そういう社会なのだから、しようがない。

「バカンス」のなかで、雪の結晶のことを書いた。なぜか気になっていたのだが、あとでその原因に思い当った。SFを書きはじめたころの作品に「無重力犯罪」というショートショートがある。無重力だと、炎がすぐ消えてしまう話である。

無重力状態だと対流が起らないので、雪も結晶に成長するわけがない。そういう初心を、すっかり忘れていた。SF映画が流行すると、宇宙空間に上下があるような気にさせられてしまう。そういう傾向への自戒を、エッセーの中心にしているつもりだったのに。

「カカシ」のなかの、外見だけのテレビ監視カメラを、本当に作った小さな会社があったらしい。こともあろうに、スーパーが万引防止にとりつけたとのこと。個人宅ならまだしも、お客さま相手では、反感を買うだけ。こういう、まぬけな新聞記事は、楽しい。記事になったあと、どうなったのか。

「最後の電話」のなかの、テープ吹込みの問題。多くの作家が、お役所文体の手紙を、不快に感じていた。しかし、出版社がカセット本を出しはじめると、自然に解決。これも、予想外のことだった。

「左だ」も、まだこだわっている。これを書いている少し前、中国へ修学旅行に出かけた高校生たちの乗った列車が、事故を起した。かけつけた家族が「あの道路交通の混乱では、事故になりますよ」と話していた。

中国はもともと、左側通行だったのではないか。東北地区の旧満鉄は、左側通行。香港も左。上海は知らないが、戦前の写真を見ると、車も人も左側。革命後、車と人に右を押しつけたのではないか。無理はよくない。

私は頭が固いわけではないから、伝統を変えるなとは言わない。やるなら、それなりの方法を考えた上でだ。数十年前、SFは日本に合わないとされ、のせた雑誌は廃刊になるとさえ、うわさされた。私はそこを考え、切り抜けることができた。

英仏間に、海底トンネルが作られることになった。英は左、仏は右。トンネル内の列車は、どっちだろう。このニュースで、私はまず、それを考えた。

こういう反応をする人がふえてくれれば、世の中も面白くなると思う。

昭和六十三年五月

星　新一

解説「好奇心トランクルーム」

江《え》坂《さか》遊《ゆう》

「ちょっとの間だけでも、あなたの脳をトランクルームとしてお借りしたく思いましてね。うちの大事なお客さまが、ステキな記憶が沢山ありすぎて、もうすぐ溢《あふ》れそうで困っておられます」

「えっ、そんなことができるのですか」

「技術は日々進歩していますよ。とりわけこのお客さまの好奇心が並外れていましてね。受け入れてもらえると、預かっていただいている期間中、楽しいことをたくさん発見できます」

「それは魅力的ですね。では、どなたのものなのか、教えていただけないでしょうか」

「著名な作家さんというくらいにしておきましょう」

「なるほど。じゃ、どうして、私を指名してくださったのでしょう。もしかすると私を後継者にしたいとか。そう思われていたりすると、嬉《うれ》しいですね」

「いいえ、そういうわけではまったくなく、あなたの脳にたっぷり空きスペースがあるとわかったからですよ」

もちろん、フィクションである。本当にあった。ということにしておいても私は困らないが、断じて世間は認めてくれないだろう。

＊

ところで私は今、ゾクゾクしている。星新一《ほししんいち》著の中でもとりわけ大好きな『あれこれ好奇心』の解説をまかされたからだ。自慢ながらに書くが、私は二冊の自著にホシさんの解説をいただき、娘と息子の名前をもらい、孫は保育園で星組だ。つまり星まみれ状態。恩返ししたいと考えるのは当然だろう。だから、好機が巡って来たと興奮し、もう誰にも止められない状況だ。

さて、星新一と言えば、ショートショートを1001編以上書き上げた、日本が世界に誇るSF作家だ。本名が星親一《しんいち》さんなので、私は名前を織り込み、いつもこう紹介することにしている。

「星さんの作品は新しいという一語につきる。星さんの人柄は親しいの一語につきる」

作品を何度読み返しても新しい発見があるということは、納得してもらえるのではないか。本書の冒頭に「小説を読むということは、ひとつの出会いではなかろうか。どんな時代に、どう接したかである」と書かれているが、まさに名言だ。年を経て読み直せば、新しい発見があり、また楽しめる。

けれど、親しいという感覚はなかなかわかってもらえない。生身の作家に接する機会は多くないから当然だ。つまり、それを補っているのがこのエッセイということになる。ショートショートが「透明なユーモア」ならエッセイは「色のついたユーモア」だ。惜しげもなくアイデアが飛び出して来て、親しげに距離が縮まり、気持ちよく読者の脳が彩色される。

さて、本書は四つのエリアで構成されている。

最初の「あれこれの記」を読んでいくと、ズバリと言い当てる発見の楽しさ、「なぜ？」を見つけそれを解いていく楽しさが伝わってくる。

二番目の「好奇心ルーム」では、好奇心から問題解決、提案アイデアを披露するケースが多くみられる。特許など権利を取得されていたらと残念だ。ちなみに、この連載開始時の雑誌「ショートショートランド」にはこう書かれてあった。

〝星新一さんの「好奇心ルーム」がはじまりました。これまで気が付かなかった妙なこと、疑問に思ったことなど、おうせいな好奇心のおもむくままに書きつづっていただきます。〟

まさに依頼趣旨に沿ったできになっているので驚かされる。

そして三番目エリアでは、それが高みに達し、ついにショートショートが登場してくる。未完成作品を肴《さかな》にエッセイ化するハイブリッドもので、とても斬新な試みがなされている。1001編以降のショートショートとして発表できる完成品と言っていいものまであるから嬉しい。ホシさんは物語の形をとることで自分の考えを普遍化させ、輝く星に結晶化させたのだ。まさに、実から虚へ、虚から実へと自在の文章だからできることだ。

私は、このエリアわけは『ショートショートの作り方を教えておられるステップになっている』と読み解いた。そしてまた、『発明を産む思考回路をオープンにしてみせた』ともとれ、輝く未来を持つ読者に大いに参考になると考えている。

そして最後のエリアは緊張緩和が必要と、旅行の話を持ってこられている。ただ、問題発見アンテナが相変わらず鋭敏な働きをしているのはお感じになった通りだ。普通の紀行文ではない。

本書はショートショートを1001編到達という快挙後に書かれたものだ。この偉業は相当なストレスを受けて達成されたので、おかげで本書は解放感に満ち溢れている。だから、他のどのエッセイ集よりも群を抜いて面白い。寓話《ぐうわ》化しないで自由な考えを直言されているところが、身近な存在としてより親しげに感じるというしかけだ。

ホシさんは東洋の思想家だ。だから神秘的な存在なのだが、本書ではイメージが随分と異なってみえる。星組の園児にもどったように無邪気で天衣無縫な生身の姿を垣間見《かいまみ》せてくれる。だから、ホシさんを読み解くのには格好の書だ。普通の人と目の付け所がまったく違うし、深く考える楽しさを教えてくれるし、ズバリと言い切る勇気も与えてくれる。その賢者ぶりもさることながら、弱者への優しさや、お茶目なところもうかがえるので、私は何度もニヤリとした。

隠すつもりもないが、かくいう私は星新一ショートショートコンテスト出身者の一人だ。だから採点をされた側の人間である。が、実はこれまで、逆にホシさんのショートショートの選評をしてみたくてしょうがなかった。そうだ。ここで試みてみよう。やりたい放題だなぁ。いや、これも恩返しではないか、単なる仕返しととられては困るが。などと私はおそるおそる始めてみることにする。

本書の三つ目のエリア「虚々実々ガーデン」に、ショートショートの完成作品と未完の作品が掲載されている。本人が完成品といっているわけではないが、そう言っていい「終戦秘話」もある。その中から星三つをつけた五本を選んでみた。

「終戦秘話」。実名が出てくるので驚かされた。確かにこう解釈すると何故、終戦に至ったか、以降の戦後史も読み解けて納得もできる。

「どちらか」。上手《うま》い着想とうなった。凶悪にならずに善良になるというのがいい。これは面白い出だしの作品だ。オチまで書かれていないのが残念でならない。

「最後の電話」。これは相当怖いオチだ。今にも実現されそうだから笑ってもおられない。

「地下の問題」。こんなことを考えてみたことはなかった。でも必ず起こっているだろう、知らないうちにでも起こっていそうだ。これはありえた歴史だと思う。

「しかけ」。作家の霊がとりつくアイデアだが、ホシさんの企《たくら》みは何となくわかる。もしかすると、と思わぬでもない。

ほかにも落語やコント、ジョークでたっぷり楽しませてもらえて、至福のひとときだった。まさに虚々実々。本書のハイライトというべきエリアだ。他の追随を許さぬ磨かれた感性の独壇場だ。やはり、ホシさんのお話はどれもこれもよくできている。

話は変わるが、今、ショートショートの創作講座がたくさん開かれている。いけば面白いアイデアがどうして生まれるかがわかると期待も高いからだろう。ある講座の先生は、「アイデアは情報の組み合わせから生まれるので、ランダムに言葉をつなげて、これは不思議な組み合わせだ、これまでにない斬新な気がするというものを見つけたら、そこから物語を作り出しましょう」と教えている。生徒も、ああこれは目から鱗《うろこ》のやり方だと感心する。『小さな物語のつくり方』(樹立社刊)という本に書いたが、私のワークショップから派生して、このやり方を教える先生たちが増えている。

私がこのやり方を思いついたのは、ホシさんと食事をしていたときのことだ。ホシさんがそのとき話された内容が本書の中にこんな文章となって出てきている。

〝歌詞のようなものは、用語の統計とコンピューターでの組合せで可能のようだが、とてもそうはいかないらしい。

作家をやっていると、そうだろうなあと思う。しかし、一般の人は、ふしぎがらないものだろうか。ひらめいた言葉が、メモする価値のあることを、どうやって気づくのかである。

つまり、そこが長い体験の上でということになるのだろう。あるところまでは教えられるが、それ以上となると感性の問題。〟（「しかけ」）

これなら面白い話が書けそうだというアイデアの種みたいなものが見つかってもそれがそうだとわかるのは、長い体験の上でということになる。しかしこの話を聞きながら、私は、『コンピューターの組み合わせで面白くなりそうな種を自分で見つけ出せたら、自分は書けると思ってくれるのではないか。成功体験を得たら、ショートショートを創作し続けてくれるだろう』と閃《ひらめ》いた。そっちに力点を置いて考えていた。あまのじゃくだからだろう。テーブルティーチャーをつけておくと、褒めることでアイデア発見も支援できる。要は自分で面白い物語が作れると気づいてほしいのだ。参加者は、自信がつく。自信がついたら、続けられる。面白い方法論を学んだと喜び、創作意欲が高まるというしかけだ。

ホシさんも、その試みを面白がってくださった。けれど公式イベントで実際にやったのは、それから随分経ってのことだ。星新一賞主催の創作ワークショップでとなったが、それも巡り合わせというものを感じてしまう。

前出のホシさんの言葉は名言で、感性を磨くのが最優先だということは自明の理だ。ホシさんの作品を（たまには江坂の作品も）読んで、ぜひ感性を磨いていただきたい。それしか教えられないなと思う今日この頃だ。

というわけで、本書は、他の追随を許さぬ磨き抜かれた感性のショーケースだと断言していい。この先、面白く生きていきたければ、この本を何度も読み返し、ピッカピカに感性を磨いていただきたいと願っている。むろん「好奇心トランクルーム」からの依頼を受け入れれば、感性が磨かれることは間違いない。

令和二年

本書は、一九八八年六月に刊行された角川文庫を改版したものです。

あれこれ好奇心《こうきしん》

星《ほし》 新一《しんいち》

昭和63年 6月25日 初版発行
令和2年 1月25日 改版初版発行
令和6年 11月25日 改版4版発行

発行者●山下直久

発行●株式会社KADOKAWA
〒102-8177 東京都千代田区富士見2-13-3
電話 0570-002-301(ナビダイヤル)

角川文庫 21987

印刷所●株式会社KADOKAWA
製本所●株式会社KADOKAWA

表紙画●和田三造

●お問い合わせ
https://www.kadokawa.co.jp/(「お問い合わせ」へお進みください)
※内容によっては、お答えできない場合があります。
※サポートは日本国内のみとさせていただきます。
※Japanese text only

ISBN 978-4-04-108310-9 C0195